本草之美

仉咏 著

江苏凤凰文艺出版社
JIANGSU PHOENIX LITERATURE AND ART PUBLISHING, LTD

图书在版编目（CIP）数据

本草之美/仉咏著. —南京：江苏凤凰文艺出版社，2018.3

ISBN 978-7-5594-1564-6

Ⅰ. ①本… Ⅱ. ①仉… Ⅲ. ①散文集—中国—当代 Ⅳ. ①I267

中国版本图书馆CIP数据核字(2018)第015457号

书　　名　本草之美
作　　者　仉　咏
选题策划　沈美玲
责任编辑　姚　丽
特约编辑　史开俊
责任监制　刘　巍　江伟明
封面设计　陆红强
出版发行　江苏凤凰文艺出版社
出版社地址　南京市中央路165号，邮编：210009
出版社网址　http://www.jswenyi.com
印　　刷　北京中科印刷有限公司
开　　本　880毫米×1230毫米　1/32
字　　数　190千字
印　　张　9.5
版　　次　2018年3月第1版，2018年3月第1次印刷
标准书号　ISBN 978-7-5594-1564-6
定　　价　58.00元

影视版权抢订热线　010-57194853

目 录

005
海棠

031
当归

039
荷

067
菊

083
蒲公英

093
慈竹

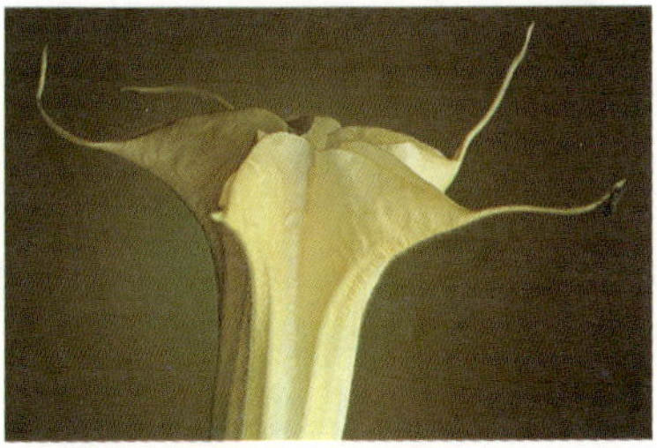

151
曼陀罗花

173
苜蓿

197
灵芝

214
桃花

239
胡杨

245
丝瓜

271
紫云英

280
二丑

序 | 化不开的深情

逄金一

多年前一首诗，我把自己比喻成一株植物，并没有征得植物的同意。不久前去新泰出差，当地的文化人仉咏把他的一本《本草之美》稿样递给我，征求我的评论。我是一个不善于拒绝的人，况且见到“本草”两字，我已非常欢欣，翻看目录，全是让人放心、熨帖的中草药名字，就答应了下来。

这个集子在形式上是有创新性的，所有文章标题都是中草药的名字，我数了数，刚好109种。与之相配同的，是作者专业知识的丰富，他对每一种中草药皆如数家珍，娓娓道来，读来颇让人长了些额外的见识。

仉咏文章处处可见浓得化不开的深情。先是对爱的深情：“走在小巷里，滴答滴答的春雨敲击着路面，在路面上滴出了小水涡，小水涡里透出清晰的小石子。时间一长，小水涡里也有了波纹，水花溅起来，犹如我对母亲的一个大大的拥抱。好像听见母亲在对我说：‘是我的儿子回来了。’”从小小的水滴联想到了母亲的拥抱，除了惊人的想象力之外，我不能不佩服作者对母亲极度的深爱了。

其次是对美的深情：“真的是细雨无人我独来，在这样的时刻，在这样的细雨中，遇到这样的花，是会让人有点失神的，就像是偶然遇到了自己心爱的人一样，心里是满满的喜欢，眼里却是有点慌乱的，一时竟不晓得说什么好了。”字里行间充满了对美的深情，看起来平白无故，实际上是发自最深处的内心。而出于对美的向往，作者也曾与朋友驱车两千多公里，专门前往内蒙古拜访胡杨树。一个人除非内心被审美的意识充满，否则不会有这么大动力的。

读这本集子，能够发现两个世界存焉。“夜里卧在床上，听得窗外阵阵风起，泠泠的声响，像从心里刮过一样，是那么的幽，那么的静。”一个是平凡的外在世界，一个是内在审美的世界，作者经常是一只脚在此世界，另一只脚已踏入了另个更为灿烂美丽的他世界。“几年过去了，仿佛只有我的竹子长成了一大片，虽不是童年时的竹林，但心中的竹林依旧。”对别人，只有一片物质的竹林；对作者，却还有另一片心灵的竹林。在这个时候，作者有的就不只是深情，不只是审美，而具有了一种博大的情怀。

这种情怀表现在故土之恋、对昔日农村生活的无限怀想以及青春之殇之中。

比如那篇《打碗花》，作者讲述说，直到成年，他对打碗花的认知才逐渐接近了它的本质与真相，也即在那些贫寒的年代里，人们家家都很穷苦，穷得连一只多余的碗都没有，所以，一种常见的植物便被拿来赋予它以教导和劝诫的意义了。作者因而最后总结道：打碗花就像中国农村的一处小小伤口，隐藏着人们许多的伤痛和秘密。作者怀着忧伤的思考，而这种思考却是建立在对中国农村充分理解之上的，是有基础的。

“不知为什么，在我童年的梦中，总有我在长满薇菜的灌木丛中奔跑的意象。一晃三十多年过去了，故土也远在千里之外，岁月在渐渐地老去，多少光阴的故事都慢慢地飘散了，可这些意象却是抹不掉的，它们是我年少的岁月，是我永远的乡愁。”——农村、故土、童年，我们转身离开，我们马上怀想。

这其实是当代中国成年人集中的乡愁。在这个巨大的城市化进程之下，我们从不同的地域，一样地从农村到了城市，也从童年到了中年，从青春到了成熟。作者怀念曾经拥有小院的岁月，透露出对已逝岁月的流连，或讲典故，或说故事，或情或理，加之作者优美的文笔，带有浓郁忧伤色彩的底色，从而使这个集子具有了一种别致的艺术魅力。

是为序！

写于2013年10月

逄金一，文学博士后。中国作家协会会员，山东省作家协会全委会委员，山东省散文学会副会长，济南市作协副主席。济南时报副总编辑。

瓦松

这个名字起得太好了，瓦松，不但表现出了这种植物的形态，还表达出了它的特殊的习性。试想，一种植物竟然生长于屋瓦之上，这不能不说是神奇之物。初唐时期崇文馆大学士崔融曾作《瓦松赋》，其自序云："崇文馆瓦松者，产于屋溜之上……俗以其形似松，生必依瓦，故曰瓦松。"

如今，居住于现代大都市的人们可没有这个福气了，现在只有在那些偏僻疏远的地方，在那些陈年老房子的屋顶上才可以见得到它们。深秋时节，如果你去到那里，你就会看到，它们在那些古老的屋瓦缝隙中稀稀疏疏地生长着，真像是人们特意种植上去的，远远地望过去，

瓦松，古籍名：昨夜荷草、屋上无根草、向天草、瓦花、石莲花、瓦塔、天瓦霜、瓦莲花，等等。系景天科石莲花属，多年生苔草类植物，耐旱耐寒。《唐本草》说它“味酸，性平，无毒”，主治吐血、鼻衄、血痢、黄疸、痔疮、湿疹等症。丛生在深山向阳坡面，老屋瓦缝中和岩石隙间。鳞茎如松树的球果，随气温暖和，鳞片开裂如瓦，呈莲花状。

唐代诗人郑谷在咏菊诗中曾说到瓦松：

王孙莫把比蓬蒿，九日枝枝近鬓毛。
露湿秋香满池岸，由来不羡瓦松高。

这是一首咏物诗，作者以池岸边的菊花与高屋上的瓦松作对比，意在说明菊花虽生长在沼泽低洼之地，却高洁、清幽，毫不吝惜地把它的芳香献给人们；而瓦松虽踞高位，却是借助了高屋宫殿的强大之势，实际上是“在人无用，在物无成”。

很多年以前，我曾经在家里种过一棵瓦松，是从山上采回来的，采回来时，它的鳞茎也就有拇指般大小，我把它栽在小花盆里，放在阳台上养着，很是好看。

我也曾经见过有人用线把它扎起来，裸露悬吊在室内，时间一长，它就生长成 U 字形，用以点缀室内，很有情趣，也非常别致。

有人曾经问我，什么植物最好看？我说，都好看，关键是你要带着美的心境去看。看植物就如看女孩，万不能喜新厌旧。女孩虽不能兼收并娶，植物却可遍览无碍，亦可陋室并养。

瓦松的美是高雅的美，如同五瓣莲花，长相楚楚动人，且百看不厌，如果你觉得它不好看，那是因为你还不懂得欣赏，也可能是因为你没有一个好的心境吧。

海棠

记得第一次见到海棠花还是在我少年的时候，东北的早春仍在飘着雪花，我跟着父亲去拜访一户人家，当我们从漫天的雪地里走进她家屋子里的时候，首先映入眼帘的是一棵姹紫嫣红的花树，我先是一愣，一时没有适应过来，刚才还是一片银白的世界，一下子进入了一个花团锦簇的地方还真有点意外，一边和人家说着话，我一边观察着那树花，只见她花蕾红艳，宛若胭脂，粉红色的花瓣就像是片片云霞，在绿叶间时隐时现，又好似少女掩面，是那么地娇艳动人。至于那天都谈了些什么，我早就忘了，只记得我问人家这是什么花？主人回答说这是海棠花。从此，我便记住了这花中的美人，所谓惊鸿一瞥，大概就是这个意思吧，这是留在我记忆中的一次微笑，也是一次不可重复的美好回忆。

海棠是花中的美人，她气韵迷离，花姿潇洒，带给人一种如诗如画的品味与情调，自古以来就是雅俗共赏的名花，素有“花中神仙”“花贵妃”“花尊贵”之称，在园林中常与玉兰、牡丹、桂花相配植，形成“玉棠富贵”的意境。海棠花又是最具有北方性格的花，早春时节，她凌寒开放，花美而无香，顽强又不失妩媚，亲切而又懂得自尊自爱，因此深得人们的喜爱。北宋著名文学家苏东坡称颂海棠是“嫣然一笑竹篱间，桃李满山只粗俗”。南宋大诗人陆游也曾写诗赞曰：

蜀地名花擅古今，一枝气可压千村。

若便海棠根可移，扬州芍药应羞死。

海棠花开之时重葩叠萼，花开似锦，一树千花，令人陶醉。据《群芳谱》记载：“海棠有四种，她们是：贴梗海棠、垂丝海棠、西府海棠、木瓜海棠，习称‘海棠四品’。”其中西府海棠最为娇媚、俏丽，她“初如胭脂点点，及开，则渐成缬晕明霞，落则有若宿妆淡粉”。

海棠不但花开艳丽，同时还具有一定的药用价值。据明代医学家李时珍的研究证明，海棠花美而无香，其花、根、果均可入药，能祛风湿、平肝舒筋，有生津止渴，健脾止泻之功效。

我想，海棠花虽然没有香味，但我却恰恰认为她有着另一种的香味，那就是女人味。你看她开得既娇艳淡雅，又妩媚风韵，带着温柔的气息，静静地绽放着，犹如远方的琴声，傍晚的云霞，那是一种韵味在流动，就像是从月光中走来，宁静，纯白，不染一丝的尘埃。

雏菊

在一片碧绿的青草地上，一个少女正轻轻地捏着一朵嫩黄的雏菊花，羞涩地望着我。她也像是刚刚盛开的花朵一样，那双清澈的大眼睛里充满了无限的天真和对未来的憧憬，那稍稍低下的额头让人顿生怜爱之情。

这是我在一个画展上见到的一幅画，那小小的雏菊和这个不谙世事的小女孩深深地打动了我。整幅画面扑面而来的是一种清新、纯洁、初恋和少女伤感的气息，是那么地感人。我把她拍下来，收藏起来，不时地拿出来看看。

雏菊原产在欧洲，因早春开花，所以又名春菊。叫雏菊是因为它和菊花很像，是线条花瓣的，区别在于菊花花瓣纤长而且卷曲油亮，

雏菊花瓣则短小笔直，就像是未成形的菊花，故名雏菊。它外观古朴，花朵娇小玲珑，色彩和谐，生气盎然，有着天真烂漫的风采，因而深得人们的喜爱。

在西方有个风俗，当少女思念她的心上人，还不能确定是否爱上他的时候，便手拿一朵雏菊，一瓣一瓣地往下撕，一边撕，一边嘴里念着：爱，不爱，爱，不爱……那最后的一瓣就是结果。因此，雏菊的花语就是：爱在心中。

这是一种隐藏在心底里的爱，所以，雏菊通常是暗恋者送的花。暗恋是一种很美好的感觉，那是一种淡淡的，羞涩的味道，那是从心底里散发出的一缕香气，那是一种丝丝缕缕的感觉，它静静地飘散开来，弥漫在你的周围，令你神魂颠倒，犹如雏菊开花的声音，这声音非常地安静，非常地耐人寻味，你只能用心去聆听才能听得见。

其实我们每个人都会在一个似乎偶然的时间里获得一种爱的冲动，有的时候，你可以幸运地爱下去，但有时候，你只能一直在等待，只能默默地把爱放在心里。这是一种无法诉说的爱，却比能告白的爱来得更殷切，在望不到尽头的等待中，爱只能长久地压抑在心底。可对于被爱者来说，爱情离得是那么近，其实一直就在你的身边，你自己却没有意识到，可能你这一生就只有那个人真正用心在你身上了，可是你醒悟得太迟了。就像张爱玲所说的："有些爱给了你很多机会，你却不在意，没在乎，等到了你想重视的时候已经没有机会爱了。"

这种爱，比起永远无法相见的爱似乎更令人悲伤，更令人痛苦，就连他们那在一起度过的美好时光，也都丢失了，再也无法回头去寻找了，就像是一朵容易凋零的雏菊花。

想到此，我有点不忍心再看这幅画了。我想，这个小女孩还太小，她不知道有着太多的幻灭还在前面等待着她，她还不知道感情原来是那么地脆弱。也不知要到何时，她才能知道，也许只有到了最后，她才会明白：

其实，那最后的一瓣雏菊，既不是爱，也不是不爱。

蔷薇

进入 4 月份，在道路两侧的围墙上便看见次第开放的蔷薇花。单看一朵，挺不起眼的，可是，没几天功夫蔷薇花便雨后春笋般扎堆盛开了。真是花多力量大，当这些密密匝匝的小花，从瀑布一样的绿枝条上绽放出来的时候，整个一条街都被这个美丽的气场笼罩了起来，景色十分地壮美。

是蔷薇花使这里充满了浪漫的色彩，窗前，蔷薇花爬满了整堵墙，美丽的蔷薇花在墙头上开得馥郁芬芳，让人们感觉就像到了一个外国的小镇一般。花开得如此茂盛，我甚至不知道该如何去欣赏它。我想着把它们拍下来，但苦于不知如何展示她的特性，也就一直没有拍成。

我喜欢蔷薇，它不但花色鲜，花期长，易生长，而且还具有很好

的药用价值，蔷薇花味甘温、酸、性凉，入脾、肺、大肠。具有清暑化湿、顺气和胃、止血的功效。适用于治疗暑热胸闷、口渴、呕吐等症。对痢疾、中暑都有一定的疗效，同时还是治疗厌食、口疮溃疡的良药。

以前，在我家院子外面的围墙边也种过蔷薇花。每年的春天我们都会看到盛开的鲜花，后来，只是因为它有刺，大人们怕它扎着孩子，就拔掉了，现在想想，真是怪可惜的。

每年的这段日子，在道路两侧的围墙上，各种颜色的蔷薇花都会开得满墙芳菲，香花满径。有粉红的、乳白的、鹅黄的、金黄的、大红的、还有紫黑的，她们簇生梢头，花色各异，形态万千。那曲曲折折的藤蔓，淡妆浓抹的花朵，极富有诗意。

正是“窗前有蔷薇，暮春自芳菲”。这是一种悬垂的美，和那一探头的俏，还有着梵音如缕的香气，微风轻轻一吹，就溢满了整个一条街，真是让人流连忘返。

因这蔷薇，我爱这堵墙，爱这堵墙后的主人，也爱这堵墙后主人的性情。

丁香

春天的时候，我在济南学习，住在一所幽静的院子里，院子里种着一棵紫丁香，有两人多高。正是花开时节，满树的紫色花朵散发着缕缕清香，尤其是在夜晚，那淡淡的清香味儿会弥漫到我的房间里来，沁润在我的梦里，不免引起我的相思。

每当夜幕降临，从我打开的窗子望出去，可以看到笼照在月光下的小花园，淡淡的月光洒在丁香树上，就像降了一层的白霜。一只小花猫时常轻盈地从树下走过，偶尔会叫上一声，然后就神秘地消失在某个黑暗处，犹如我的思念一般飘忽不定。

今年的春天不知为何多雨，小雨淅淅沥沥地一连下了好几天也不见晴朗。孤寂的我时常站在窗前，望着花园里的一切，想象着，也许

在某一个雨天，会有一位美丽的姑娘，撑着油纸伞，独自彷徨在这寂寥的丁香树下，她有着丁香一样的颜色，丁香一样的芬芳，丁香一样的忧愁，她是那么地凄清与惆怅，凄婉又迷茫。恰如李商隐的诗：

楼上黄昏欲望休，玉梯横绝月如钩。

芭蕉不展丁香结，同向春风各自愁。

可是，这只是我的一种臆想，这种臆想就像梦一样从我的眼前飘过。我苦笑了，是戴望舒的诗让我变得这样忧伤？还是这阴雨的天气？这如丝如缕的雨呀，让我的心如此怅茫，正是“青鸟不传云外信，丁香空结雨中愁”啊，我想努力赶走这个丁香一样的结着愁怨的姑娘。

然而，想象的潮水让我再度陷入迷茫，以至于我不敢走近那棵丁香，我怕我走近了会让我失望，我小心翼翼地保持着自己与那棵丁香之间的距离。

这段距离让我恍惚而又忧伤，它既像迷雾，又像这雨天，但它确保了我对丁香的朦胧的美感，也确保了我对那个始终萦绕在我梦中的姑娘的渴盼与希望。

兰草

小时候，刚上一年级，老师点名时，我就注意到好多女孩子的名字里面都带有一个“兰”字，我就想，为啥要用“兰”作名呢？在课堂上没敢问老师，回家后问父亲。父亲说：兰是一种花，开的花很香，兰草貌似柔弱，但生命力极强，逗人喜爱，因此人们爱用“兰”为女孩子命名，希望她们像兰草一样娴淑温柔，美貌端庄，健康成长。父亲的话让我似懂非懂。

兰，是中国的传统名花，自古以来人们就把兰视为高洁、淡泊、典雅、爱国和坚贞不屈的象征，形成了具有浓郁中国特色的兰文化。因此，古今名人对它的评价极高，被喻为花中君子。

兰花之香又以其清、幽、淡、远，被誉为王者之香，《说文》曰：“兰，香草也”。古人常把诗文之美喻为“兰章”，把友谊之真喻为“兰交”。孔子特别重视个人思想品质的修养，他曾以兰自比，说过:“芷兰生幽谷，不以无人而不芳，君子修道立德，不为穷困而改节”。可见在兰的身上寄托了他老人家多么深切的感情;屈原则更是“纫秋兰以为佩”的人，他将兰作为佩物，表示自己洁身自好的情操，他以兰为友，将兰作为知音，对兰寄予了无限的希望。在这里，兰早已不是一种自然界的花草，也不是简单的比喻或触物起兴，它已上升为一种象征，一种寄寓，一种精神与品格的追求了。

真是一枝在室，清香四溢，沁人心脾。宋代罗愿在《尔雅翼》中曾说:“兰之叶如莎，首春则发。花甚芳香，大抵生于森林之中，微风过之，其香蔼然达于外，故曰芷兰。”

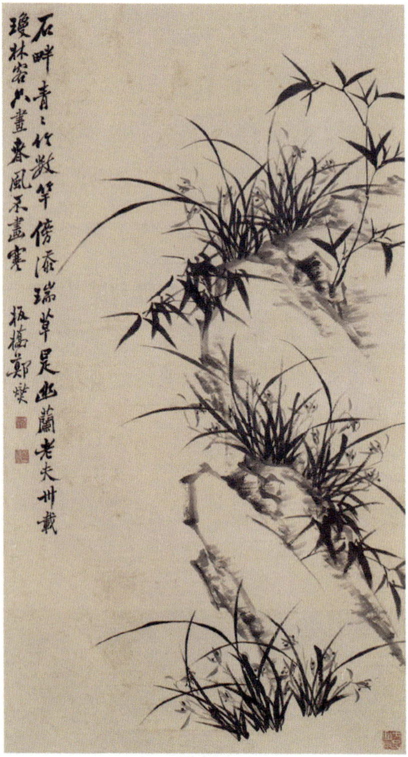

当今所称的中国兰，古代称之为“蕙”。中国兰不仅姿态优美，芳香馥郁，而且药用价值也很高，兰花全草均可入药，有养阴润肺，利水渗湿，清热解毒等功效。对此，历代医家都有总结。李时珍在《本草纲目》中就说：“兰草，气味辛、平、甘、无毒。”“其气清香、生津止渴，润肌肉，治消渴胆瘅。”“……治消渴生津饮，用兰叶，盖本于此。”不但如此，他还对兰花的释名、品类及其用途都有比较完整的论述。

到了近代，郑板桥是“扬州八怪”的杰出代表，是写兰竹花卉的一代宗师。板桥喜欢画兰，他的画中数量最多，最耐人玩味的就是兰竹石图，他在兰竹画中常添石，认为“一竹一兰一石，有节有香有骨”，“兰竹石，相继出，大君子，离不得”。板桥的兰竹石画达到了登峰造极的境界，而其题画诗又起了画龙点睛的作用。据说鲁迅先生也十分喜爱兰，他曾专门为兰作诗：“椒焚桂折佳人老，独托幽岩展素心。岂惜芳馨遗远者，故乡如醉有荆榛。”

正像是他们的人格那样，兰花所代表的就是：淡泊、高雅，美好、高洁和贤德。

现在，我才更加深刻地理解了父亲的话。

迷迭香

我曾经听过一个古老的名谣：当你爱上一个人，思念一个人的时候，你就到那散发着浓郁香气，蓝似海洋的迷迭香的田野里去吧，在那里轻轻地诉说你的心事，这时，你那心爱的人，你思念的人，就会立刻出现在你的眼前的。

这是一个多么美好的愿望啊，从此，我便爱上了迷迭香。

迷迭香原产于地中海沿岸，属于常绿灌木，夏天会开出蓝色的小花，由于它最早发现在地中海沿岸的断崖上，看起来好象小水滴一般，所以在拉丁文中的意思是“海中之露”。而迷迭香也有象征忠诚的意思，在欧洲的婚礼中常见新娘子以迷迭香作为配饰，以象征“至死不渝”的爱情。

迷迭香又是一种名贵的天然香料植物，生长季节会散发出一种清香的气味，有清心提神的功效。所以，从很早以来，它就一直被用于料理和美容，那些最有名的化妆水中都有迷迭香的成分。作为药物，它是一种芳香药草，可治疗神经性疾患，有消除肠胃胀气，改善记忆力衰退，防止老化的效用。据《本草拾遗》载，它性辛、温，无毒，主治恶气，有健胃、安神、强壮、发汗等功效。

由于具有迷人的香气，早在古代，迷迭香就被用在宗教仪式中。迷迭香有这样一个古老的传说：

迷迭香的花本来是白色的，在圣母玛莉亚带着圣婴耶稣逃往埃及的途中，圣母曾将她的罩袍挂在迷迭香树上，从此以后，迷迭香的花就转为蓝色了，因此，迷迭香就有了另一个别名："圣母玛利亚的玫瑰"。

迷迭香自古即被视为可增强记忆的药草，在沙翁名剧《哈姆雷特》中就曾提到："迷迭香，是为了帮助回想，亲爱的，请你牢记在心"。

记得一位古人曾经说过，人之所以沉迷于回忆，是因为回忆永远停留在幸福的边缘……

那么，就让我们永远停留在这幸福的边缘吧！

茉莉

夜凉如水。

很久没有在凌晨依窗而立了。

在这幽暗微冷的静谧中，放在阳台上的一盆茉莉花不知何时已悄然绽放。我一时想不出用什么词汇来形容她散发出来的香味儿，只觉得是那么地香，香得令人着迷，那么地美，美得令人心碎。

外面是晴朗的夜空，几盏稀疏的星星懒散地挂在夜幕上，夜是那么地清澈，我望着这夜空，这夜空澄澈着我的眼睛，也洗涤了我的心灵，一瞬间，我竟然听到了夜色在星空中滑过的声音。这让我欣喜，我已经很久没有这样心无杂念地用心去听、去看、去想了。日复一日，年复一年的工作早已磨平了我的感官，我几乎忘记了自己身上还有那些鲜活细腻的触角，可它们已经沉睡地太久了。

是茉莉花的清香唤醒了我的记忆，还是这静谧的夜呢？不觉间，耳畔回旋起了《茉莉花》那优美的旋律：“好一朵茉莉花，好一朵茉莉花，满园花开，雪也白不过她，我有心采一朵戴，又怕旁人笑……”

不知为何，一听到这柔美的曲调，便想起江南，一直以来，我迷恋于江南的一些风物。那美轮美奂的江南民居，旖旎秀美的石桥水巷，以及那柔情似水的江南女子，仿佛都带着一种古典的美，是那么地迷人。

据《本草纲目》载，“茉莉花味辛，热，无毒。蒸油取液，作面脂头泽，长发润燥香肌。”有清凉解毒，疏风散表，理气和中，平肝止痛之功效。

萱草

似乎是猝不及防的，她就撞进了我的视线，这是无意中的遇到，不曾刻意去寻觅，也不曾有任何的思想准备，我就这么遇到了她。可是在我的意识中，她似乎只是盛开在《诗经》里的，不曾想，就这么见到了她，她就是——萱草。

去年的八月份，我应朋友之约去我市的借庄村，刚拐上山坡，一大片黄彤彤的色彩便映入了我的眼帘，那是一大片鲜艳的正在盛开着的黄花。那淡黄色的花朵开放得是那么地绚丽，一丛丛碧绿的剑叶将高挺在花杆上的花瓣衬托得更加端庄典雅，使人赏心悦目。我痴痴地望了许久，好半天都没有回过神来。

据《诗经》记载，古代有位妇人因丈夫远征，遂在家居北堂前栽种萱草，借以解愁忘忧，从此世人便称此草为“忘忧草”。李时珍在《本草纲目》中说：“萱草本作谖，谖，忘也。”《博物志》也说：“萱草，食之令人好欢乐，忘忧思，故曰忘忧草。”

我想，古时的男人们因为连年的征战流落在外，妻子在家想念远方的亲人，却又没有办法和思念的人相见，可是生活还得要继续下去，为了平和自己的内心，也只有想办法忘掉自己的忧愁了，这大概就是忘忧草名字的来历吧。试想，当望眼欲穿的妻子见不到自己的亲人，只能站在家门前遥望着远方，那思念亲人的忧郁的目光是怎样穿越了千年的时光，不是至今还在震撼着我们吗？这镜像是多么地凄美，多么地令人惆怅啊！

关于萱草还有另外一种说法，说萱草是母爱之花。《诗经 · 卫风 · 伯兮》云：“焉得谖草，言树之背。”谖草就是萱草，朱熹注曰：“谖草，令人忘忧；背，北堂也”。诗经疏又称：“北堂幽暗，可以种萱”，北堂即代表母亲之意。意思是说到哪里能找到谖草，种在北堂之上，以解对母亲的忧思。古人还把萱草比喻为慈母的音容，把母亲住的屋子称作萱堂，以萱草代替母爱，诗人孟郊就曾做诗：

萱草生堂阶，游子行天涯。
慈母依堂前，不见萱草花。

不论是忘忧之花，还是母爱之花，萱草总是那么地翠叶萋萋，着花秀秀，天生带着一种外柔内刚的气质，让人感到既亲切又和蔼。

正是人不解忧花解忧，当一丛丛、一簇簇萱草呈现在我的面前时，她那俊美多姿，清香怡人的姿态，又怎能不令我们忘掉忧愁呢？这也许正是历代文人们在忧思不能自遣之时所追求的一种平和超脱的境界吧。

罂粟

她长得实在是太美艳了，美的令人眩目，让人想起那冷艳、妖冶、性感无比的美女杀手，正握着一只小手枪，用她那柔媚的眼神勾引着你，使得你心迷魂荡，不能自持。她真是名符其实的“恶之花”。

其实，在古代，“罂”是一种酒器，它口小肚大；“粟”就是谷子。这两个字组合在一起就是粮食与美酒，因此，它应该代表着富足与安康。然而，事实远非如此，不知为何，长久以来，它却总是恶魔般地给我们带来数不尽的腥风血雨，疾病和战争。

罂粟原产于地中海东部山区及小亚细亚和埃及等地，公元七世纪，由波斯传入我国。中医以罂粟壳入药，处方又名“御米壳”或“罂壳”。为镇痛、止咳、止泻药，用于肺虚久咳不止、胸腹筋骨各种疼痛、久

痢常泻不止等症。

罂粟花大而艳丽，带着一种天然的雍荣华贵。唐郭震曾咏道：“闻花空道胜于草，结实何曾济得民？”宋杨万里亦咏罂粟："东君羽卫无供给，控借春风十日粮。"

仲春时节，罂粟的蕾正含苞待放，那性急的花朵早已关不住她那艳丽、妖娆的本性，已争先盛开，可当一夜春雨过后，也不知片片丹红在为谁而落了？

面对着这美丽的罂粟花，我隐隐地感觉到，似乎美得过分的事物总会带给人一种不祥之感，犹如这罂粟花。

车前草

古人在对草木的命名上，大多是随意的，可这随意却也见出功力，比如这车前草吧，据说它的命名就是随口叫出的。

传说东汉光武帝时，有位中郎将军叫马武。有一次马武率军出征，结果被敌人团团围在一个荒无人烟的地方，当时正值六月大暑天，粮草将尽，水源不足，全军将士一个个腹部肿得像鼓一样，尿的颜色血红，尿时还感到疼痛，而且滴沥难尽。马匹也跟人一样。有一天，马夫忽然发现将军的马不尿血了，精神也好多了，便留心观察马的活动，结果发现，马是嚼食它原来不喜欢吃的一种牛耳形草。马夫采摘这种草，用水煎后自己服用了几次，果然小便正常了。马夫立刻将这一重要发现报告给马武将军，将军大喜，号召全军人马都服用这种草药，没过几天全军将士疾病全好了。事后马武将军问马夫，“这是什么草？哪儿有这种草？”马夫说：“将军，您看！这战车前面就有，就不知道它叫什么名字。”将军略有所思，笑着对马夫说：“既然生在车前，那就把它叫作车前草吧！”

车前草性味甘、寒，具有利水清热、明目祛痰之功效，我国历代本草对车前草的利尿解毒功效早有记载，《药性论》说它“治尿血，能补五脏，明目，利小便，退五淋”。几百年来，人们把车前草作为利尿和解毒的中药一直沿用至今。

车前草在乡下也叫猪耳朵草，我们老家人则管它叫车前子。常见于山野、路边、田埂及水沟等处，小时候，下午放学回家后去剜野菜时，车前草是最常掇到竹篾篮子里的一种野菜。它就踏踏实实地长在田间地头上，是一副和善得让人漠视的样子。它那不规则的粗厚的小圆叶，竹签棒棒般地摇在风里的碎花杆，暗红的硬邦邦的碎种子，全都是千百年来面不改色的深沉模样。

现在，到野外去，在野地里见到些疯长的杂草，我能从中轻易叫得出名的，就有这车前子。因这名，就足以让我回忆起少年时那个无知无畏的小人儿，手里挎着个小篮子，在田野里活蹦乱跳的情形，还知道些它在药理上的用处和因这药用而得来“车前子”名字的山野传说。

当我们走在绿草如茵的大自然里，都会感到清新和舒畅，也就对这野花遍地的大自然倍感亲切起来。

当归

《红楼梦》中秦可卿生病了，太医给她开了一剂药方，方中主药就是当归。当归的作用在于活血化瘀，在于调血，使气血各有所归。李时珍曰：“当归调血为女人要药，有思夫之意。”

看来，这是一种与相思有关的中药。据《本草》记载：当归，性甘，温，无毒。主治咳逆上气，补五脏，女人沥血腰痛，补一切劳，养心血，治头痛，和血补血。它是伞形科多年生草本植物，全株具有特异香气，其根入药，是医治妇科病的要药。

古人相思时就吟“陌上花开，可缓缓归矣”之类的句子。《诗经》中就有：“今夕何夕，见此良人”之句，宋范仲淹的诗：“明月楼高休独倚，酒入愁肠，化作相思泪。”很是让人唏嘘不已，《红楼梦》

中林黛玉最喜欢的一句诗就是“留得残荷听雨声”。她在听什么呢?其实，她听的不就是“相思雨”吗。

你看，一剂中药方子，就把中国传统文化的魅力淋漓尽致地体现出来了。

关于当归，还有个凄婉动人的故事:

相传在很久以前有一对青年男女，男的名叫泉水，女的叫竹叶，他们从小青梅竹马,后来,竹叶的母亲患了妇女病,泉水便对竹叶说:“我没有钱给你母亲治病，听说山里有一种草药能治这种病，我去找一找，估计一个月就可以回来。”泉水走后，竹叶的父亲想把她嫁给一户有钱人家做妾,好得到一份彩礼给老伴治病。竹叶急得天天跑到村口张望，暗想，一月当归为何不归?

再说泉水进了山，当地人告诉他说这种药要到霜降前后采挖才最为适宜，为了保证药物的疗效，他一直等到霜降才采挖。

不久，那个有钱人带上彩礼前来求亲，竹叶哭哭啼啼拼死不愿意。父亲叹口气说，为了你母亲的病，还是依了吧！正在这时，泉水采药回来了，只见他形销骨立，衣衫褴褛。看到此景，竹叶的父亲被感动了，便对有钱人说，实在对不起，我的女婿归来了。竹叶母亲用了采回的药，不久就痊愈了。虽说女婿当归而迟归，但总算没有误事，从此以后人们就把这种药叫做当归了。

这是老人们讲的故事。

灰菜

灰菜也叫灰灰菜，灰菜子，它就生长在野外林旁溪畔，春夏二季是灰菜生长的旺季。因为在它的茎叶上有一层淡淡的银灰色的附着物，就象一层灰一样，它便由此得名。灰菜是一种很朴素的野菜，朴素的就像个乡村女子，很是耐看。

李时珍在《本草纲目》中记载：灰菜可为民食。灾荒年景，古人常以它为食度日活命。徐光启在《农政全书》的《荒政》篇中将灰菜列为人们救饥时的野蔬。中医认为，它性味甘、平，有小毒。具有通利小便，清利湿热，止痒透疹等功效。可“杀虫止痒，除湿热，利水”。

其实，在我国很多地方均有采食野菜的习惯。初春时节，寒意尚存，田野里便可看到挖野菜的人们。但人们挖的多半是荠菜或苦菜之类，对灰菜是不大感兴趣的，据说有人吃了灰菜会肿脸。

记得以前小的时候，正赶上七十年代饿肚子，我放了学回来，都要挎上个小篮子到地里剜野菜，剜满了篮子才能回家，母亲就做好了饭等着我，见我剜的有灰菜，就用水洗干净，在滚水里过一下，捞出来放在盘子里，撒上一撮盐，几勺醋，再用蒜泥一拌，我们一家人就别提吃得有多香了。我们还用灰菜包包子、蒸菜团子、煮汤，等等。在那个物质匮乏的年代里，它给了饥肠辘辘的我们许多的快乐和满足。

如果说在野菜之中荠菜为不食周粟、避世全节的隐士逸民，苦菜是不堕青云之志、抱残守缺的仁人寒士，那么，灰菜当是随遇而安、自生自息、生命力极强的普通百姓了。

萍

萍是一种植物，可它却不是生长在陆地上，而是长在水中，浮在水面上，因此又被称为“浮萍”。它叶子扁平，两面都是绿色，下面有一条根，这也是它的与众不同之处。

通常长有浮萍的池塘水流都是缓慢的，大都十分地安静，尤其是夏日的正午时分，阳光显得绵长有力，人们都午睡了，池塘边一丝声音也没有，到处都静静地。这时，天空中飘来一朵云彩，婆娑着遮住了池塘，一只正在浮萍上晒太阳的青蛙受了惊吓，“扑通”一声跳入水中，荡起阵阵涟漪，也就那么淡淡的几下，便消失在浮萍的叶子底下了。这是我对童年时家乡池塘里的印象。

古人多用“夜雨敲窗，雨打浮萍”这样一个意象来表达寂寥之苦，以唤起离人的愁思，感叹着离别之苦与思念之情。如李商隐的《夜雨寄北》：

君问归期未有期，巴山夜雨涨秋池。
何当共剪西窗烛，却话巴山夜雨时。

试想在一个秋雨缠绵的夜晚，池塘里涨满了水，雨打在浮萍上，诗人独自在屋内听着夜雨敲窗的声音，心情也会随着雨声起起落落，他倚床凝思，孤枕难眠，想着此时此刻妻子在家中的生活和心境，回忆他们在一起时的甜蜜生活，咀嚼着此时自己的孤独，心中充满了无限的思念之情。那浓烈的思念和缠绵的情感，让人读来真是情真意切。

不觉想起“萍水相逢”这个词，我觉得造得好，浮萍是最能随遇而安的植物，它们在水中随水漂流着，行踪不定，水流到哪里，它们就漂到哪里，就在哪里生根、发芽，成长。正是：浮萍漂泊本无定，更着风狂雨亦急。可叹身世多坎坷，恰如浮萍四漂移。这像极了我们的人生，在生活中谁没有遇到过坎坷，又有谁的生活是那么固定的，我们认识的大多数人不也都是“萍水相逢”的吗？

许多年前就听过李翊君的《萍聚》，听了无数遍，还是百听不厌，这在我是罕见的，一般来说，一首歌听个十遍八遍也就腻掉了，《萍聚》是个例外，这就像一坛老酒一样，放的时间越久越散发出它的醇香。这是一首动情的歌，我特别喜欢歌词里的这一句：

只要我们曾经拥有过
对你我来讲已经足够
人的一生
有许多回忆
只愿你的追忆有个我

其实人生就是这样，许多事情你不必深究，真的不必深究，就让那些美好的回忆停留在那里吧，只愿你的追忆里有个我就行。

荷

那一年去西湖，傍晚时分，独自在西湖岸边徘徊了很久，望着湖中大片碧绿的荷叶，我漫无目的地走着，素雅的荷花静静地立在夏日的水中。碧绿的荷叶你挨着我，我倚着你，不禁让我想起雨季里，放学时小学校门口那一把把的花伞和孩子们那稚嫩的小脸。蜻蜓们在水面上飞舞着，几只青蛙悠闲地蹲在圆圆的荷叶上，像是在深深地思考着什么，听见一点响声，便“扑通”一声跃入水中，没了踪影。

只有荷立在水中，带着水的飘逸、水的神韵，无声地绽放着她那淡雅的花朵，独享着她那雍容的绚烂。

一阵清风吹过，隐隐约约地送来一股缥缈的音乐，我顺着声音走去，远远地看见，在岸边的一座古亭下，一位素衣女子正轻抚古琴，徐徐的旋律绵延而至。此时正值夕阳西下，晚霞染红了西边的天际，那低徊婉转的乐曲就飘浮在落霞之间，是那么地单纯、委婉，像山涧的泉水在月光下流淌，犹如这水芙蓉所带给人们的清凉，也给西湖平添了一份无以名状的静美。

我伫立良久，感受着乐曲所带来的那份宁静与悠远。我相信，在那女子的内心深处，也同样正盛开着一束只属于她自己的夏日之荷吧。

一年以后我才知道，她弹的是一首古典名曲，叫《雁落平沙》，是一首静美之曲，述说着清秋寥落，沙平水远。

可她当时给我的感觉却如一位挚友在淡淡地述说着往事，述说着往日里那些若有若无的寂寥与忧伤。我茫然若失，不知是因为季节，

还是因为自己的心情。现在想来，那首古曲就如同一首古典的诗词，其实，古曲和古典诗词是相通的，荷既然能开在古诗词里，也同样会开在古曲之中的吧。

此情可待成追忆，只是当时已惘然。那种萦绕在胸怀的、不可琢磨的思绪，随着岁月的流逝，被渐渐地淡忘了，只是偶然间想起来，还是会让我隐隐地动容。

这些年，北方也种植了许多的荷，我生活的这个城市的池塘里，就生长着许多的荷。我喜欢以荷为伴，今年我又一次去看荷，刚入秋的荷有的就渐渐地枯萎了，望着她们，我的心中有些凄凉，可我知道，荷的根还在水里，等到明年的夏天，她们还会再次盛开，我便感到了些许的安慰。

这就是荷的神圣，只要有水在，她们便会年年轮回出生命的灿烂。

荷的灵性在水中，她是水中之花，是水的精灵，也是我精神的家园。我愿把我的文字献给我那些爱荷的朋友们。

王不留行

王不留行，这个名字怎么看也不像个药名，倒更像是个人名，而且一定是个武艺高强的侠客，他是那种头戴斗笠，黑纱蒙面，身披大氅，飞檐走壁，来无影去无踪的高人。

当然，这只是我的猜想了。关于王不留行的传说，北方有一段歌谣："穿山甲，王不留，大闺女喝了顺怀流。"就夸张地说出了穿山甲和王不留行两味中药的通乳作用。那王不留不过是一种草的种子，怎么起了这么个怪名字呢？

传说王不留行这种药是药王邳彤发现的，它具有很好的舒筋活血、通乳止痛的作用，可是给它起个什么名字呢？这还与当年王莽、王郎曾来过这里有关。

王郎率兵追杀主公刘秀，黄昏时来到邳彤的家乡，扬言他们的主子是真正的汉室后裔，刘秀是冒充汉室的孽种，要老百姓给他们送饭送菜，并让村民腾出房子给他们住。这村里的老百姓知道他们是祸乱天下的奸贼，就不搭他们的茬儿。天黑了，王郎见百姓还不把饭菜送来，不由心中火起，便带人进村催要，走遍全村，家家关门锁户，没有一户冒烟。王郎气急败坏，扬言要踏平村庄，斩尽杀绝。此时一参军进谏道："此地到处是青纱帐，树草丛生，庄稼人藏在暗处，哪里去找？再说就是踏平十处村庄也解不了兵将的饥饿，不如赶紧离开此地，另作安顿，也好保存实力，追杀刘秀。"王郎听了，才传令离开了这个村庄。

邳彤想到这段历史，就给那草药起了个名字叫做"王不留行"，就是这个村子不留王莽、王郎食宿，借此让人们记住"得人心者得天下"的道理。

王不留行系石竹科麦蓝菜的种子，为传统常用中药，有行血通经，催生下乳，消肿敛疮等功效。

可至今，在我的脑海里一想到王不留行，还是会出现那个飞檐走壁、武艺高强的侠客来，也可能是我小时候武侠片看得太多了的缘故吧。

薰衣草

薰衣草就是古人说的薰草。我却更喜欢薰衣草这个名字，试想，我们用这淡蓝紫色的小花将衣服薰得清香怡人，然后穿上它出门去走亲访友，那该是多么惬意的事呵。

薰草，出自《山海经》，为零陵香之别名。零陵香又出自《本草拾遗》，又名薰衣草、陵草、满山香。宋《图经本草》载："零陵香，今湖、岭诸州皆有之，多生下湿地。叶如麻，两两相对，茎方气如蘼芜，常以七月中旬开花，至香，古所谓薰草也，或云，薰草亦此也。"薰衣草味辛、甘、温，具有祛风寒、行气、止痛、驱蛔之功效。主治感冒头痛、鼻塞、咽喉肿痛、胸腹胀满等症。

2007 年我去了一趟云南，在昆明的花市上，第一次见到薰衣草就被这淡紫色的小花给迷住了，她的叶形花色优美典雅，蓝紫色花絮颖长秀丽，她的气味是那么的沁人心脾，既芬芳怡人又醒脑明目，闻起来给人一种非常舒适之感。

面对着薰衣草，我伫立了很久，我伸手摘下一小朵花，放在手心里轻轻地搓揉，然后深吸一口气，一股浓烈而又纯正的芳香立刻充满了我的鼻腔，让我的嗅觉为之一振，我体会到了什么是心旷神怡的感觉。

其实，当你闲闲地漫步整个花市，信步从花间走过，衣角就会留下一抹清香，那香味儿，悠远的就如同初恋时的心情一般。

我想，薰衣草是独特的，她既不是茉莉的清淡，也不是夜来香的忧郁，它既没有玫瑰那样浓烈的情绪，也不似百合那样的淡然，她是一种独特的香，这种香是和更远更深的忧郁相连结着的，如秋后淡淡的月光，如隔着万水千山的思念。她是人生中的某种半梦半醒的状态，却怎样都挥之不去；她是一种风过后还留在心中的香，可又淡到了极处，润在你的心底；她是从小提琴上流淌出来的乐曲，是从柜底下翻出来的旧时衣裳，是少年时那三月天的桃花，她更象是一觉未完成的梦，醒来时却只有那化也化不开的惆怅……或者，是一种依恋，一种怀旧，也许只是一个记忆中的声音吧。

至今，夜半梦醒，潜心倾听，似乎仍能听到从记忆中传来的那个声音……

拿什么比喻她好呢？

她就像个美妙绝伦，气质优雅的夫人，让你一眼就可以在人群中

认出她来，她是那么的娴静、优雅、成熟。我想，也许只有经历过感情和生活历练的女人，才会真正懂得和欣赏这薰衣草的吧。

对男人而言，薰衣草的香恰似女子那袅袅娜娜的裙裾，白色、紫色、蓝色、粉色，在风中或轻巧羞涩或狂野撩人地飘着，是最初燃起的对女人的爱，她让我们充满了无限的温情。

那么，就称她为“香草之后”吧。

银杏

有这样一种植物，它曾在几亿年前的地球上和恐龙一样遍布全世界，可是后来，恐龙灭绝了，这种植物似乎也灭绝了。开始人们只是在化石中发现过它的踪迹，但忽然有一天，在地球的某一个角落里，人们又发现了它的身影。它悄悄地、不惹人注意地在中国浙江天目山区这个角落里自由地生长着，并不在乎现今植物“户籍”中没有自己的“户口”。于是，人们赠给它一个美称“活化石”。它就是——银杏树。

银杏树是神奇的，似乎注定它与神有着某种关系。相传，佛教传入中国后，佛教的圣树菩提树便在寺院中广为栽种，因菩提树是南方树种，在北方很难成活，北方的僧侣们便将品性相貌与菩提树相似的银杏树栽种于寺院，作为佛家圣树。从此，在我国北方的寺院中便可随处看到银杏树了。所以，银杏树又称“中国菩提树”。

银杏树又名白果树，据《本草纲目》载：“银杏生江南，以宣城者为胜”。它雌雄异株，种子呈椭圆形或倒卵形，中医认为，银杏以种子入药，性平，味涩，可敛肺定喘，主治痰哮喘咳，遗精，带下，便秘等症。

在我的故乡有座白马山，山里有个白马寺，寺里有棵树龄在两千八百多年的老银杏树，据说此树为“天下第二银杏树”（“天下第一银杏树”在山东莒县浮来山的定林寺）。这棵银杏树长得十分高大，华盖一般的树冠遮天蔽日，足足有一个篮球场那么大。有时我站在树下就想，它经历了那么多年的沧桑，真不敢相信它是怎样存活下来的。盛夏的时候，我们经常去乘凉，观看它的树叶，它的树叶呈扇形，两面淡绿色，既优美又古雅。

我小的时候，经常去采摘银杏叶，用它作成书签，夹到书里，或用它制作明信片送给同学，比在商店里买的明信片漂亮多了。每到深秋的时候，满树的叶子便由绿变黄，金灿灿的，在湛蓝的天空映衬下，黄得华丽而通透，犹如满树黄花在怒放，漂亮极了，微风过处，叶子哗哗作响，小扇子一样的叶片随风飞舞，撒满一地，厚厚地铺了一层，显得非常的恬静，用脚踩上去，沙沙地响，有着抒情诗般的韵味，令人情趣盎然，让人产生无穷的遐想。

关于这棵银杏树，还有着一个美丽的传说：在很久以前，有个青年人上山砍柴，忽遇暴雨，便跑到银杏树下避雨，大雨时紧时慢下个不停，他闲得无聊，便想量量这棵大树到底有多粗，他伸开两臂搂着大树丈量起来，当他搂到第七搂的时候搂不过来了，就用手拃起树来，他拃到第八拃的时候见有个树洞，正要去丈量，忽然发现里面有个姑娘也在避雨，他便连声说对不起，姑娘一开始吓了一跳，见他一个劲儿地赔不是，便知他确实没有恶意，于是俩人便攀谈起来，原来，姑娘的父亲得了哮喘，久治不愈，听人说银杏能治哮喘，姑娘便上山来采银杏为父亲治病，不料碰上大雨。小伙子听罢，便爬到树上为姑娘摘了满满一篮子银杏，并把姑娘送回家。从那以后，小伙子就经常去姑娘家帮助她干活，日久生情，俩人相爱了，最终二人结为伴侣，成为了幸福的一对。

后来，每当人们问起这棵银杏树有多粗，老乡们就说："七搂八拃一媳妇"。

向日葵

小时候生活在东北，那里生长着大片的向日葵花，一眼望去，整个的田野里到处都是金黄色的向日葵花，好看极了，也壮观极了。可现实是，那不是为了好看的，那是农民们用来榨油的植物，我们当时吃的油都是用这些葵花子榨的，叫“瓜子油”。夏日里，我们一群小孩子整天穿梭在葵花地里，就连上学都要从葵花地里走过，我们还掰下葵花的叶子跑去喂羊，葵花刚刚长出子来，一咬还是一包水的时候我们就开始吃，一直吃到它们成熟。秋天，我们就坐在堆成山一样的葵花堆上磕瓜子，还一边扯着嗓子吼着：“……共产党像太阳，我们都是向阳花……”。因为葵花在生长期它的头始终朝着太阳在转动，它的样子也像是一个金黄色的大太阳，我们就另给它起了一个响亮的名字："太阳花"。

那时的我们还都太小，对一切都是青涩的，混沌的，懵懂的，像阳光下闪烁的水面，心里充满了阵阵的涟漪。年轻时我们不懂，其实，那就是最好的时光，像一场大雨过后阳光下清新的向日葵，恍惚、闪烁、新鲜，可惜那时的我们只知道贪玩，大好的时光都被我们辜负了。

池塘边的榕树上
知了在声声地叫着夏天
操场边的秋千上
只有蝴蝶儿停在上面
黑板上老师的粉笔
还在拼命
叽叽喳喳写个不停
等待着下课
等待着放学
等待游戏的童年
……

台湾民谣《童年》就真切地诠释了那时的我们，最好的时光就这么过去了，不能再重现了，只能用我们的记忆把它们召唤回来了。现在才知道，最好的时光其实很短暂，人生中不长的这段好时光可惜都

被我们挥霍掉了，因为那时候的我们是不自知的，可当我们明白了的时候，就已经晚了，一切都已经成为了过去。只有当我们回望那段时光的时候，它才慢慢地在我们的脑海里浮现出来，让我们重温，使我们感伤。

现在还能回想起来，当落日的余晖照射在向日葵上的时候，它那亮黄的色彩美艳极了，就像一只刚初生的毛绒绒的小鹅，是那么的嫩黄。这样的景色深深地刻印在我的脑海里，始终涂抹不掉，多少年过去了，我感觉，它那蜜糖般的金色光线居然是那么的忧伤，以至于让我产生一阵的恍惚，仿佛忽然被一种巨大的孤独和伤感所袭击，这亮黄的色泽触痛了我的心，因为这幅画面是我所熟悉的，它一直就在我的记忆里存在着，我曾经多次的看到过它。它就像是我头脑中的一个音符，始终在我的内心里萦绕着、萦绕着，以至于我的整个心里都是金黄色的画面，此时，仿佛语言是多余的，更别说是文字了。

其实，我的文字也早已变得模糊了……

茱萸

独在异乡为异客，每逢佳节倍思亲。

遥知兄弟登高处，遍插茱萸少一人。

唐代诗人王维的这首《九月九日忆山东兄弟》是打小就熟悉的。试想，我们的大诗人独自漂泊在外，远离家乡，在重阳节这天他思念起亲人。他揣想着，在重阳佳节这天，亲人们定会同往年一样登高饮酒的，当亲人们团聚在一起欢度重阳节而“遍插茱萸”之时，也一定会记起他这位客处异乡的游子的，于是，便提笔写下了这首抒发思念之情的千古佳作。

可是，一直以来我搞不清楚茱萸是什么植物。查了下资料方才得知，

茱萸是一种可以做中药的果实，它是茴香科植物，因为出产于吴地（今江浙一带）的茱萸质量最好，因而又叫吴茱萸，它是一种常绿小乔木，树几乎可以长到一丈多高，叶为羽状复叶，初夏开绿白色的小花，结实似椒子，秋后成熟。果实嫩时呈黄色，成熟后变成紫红色，具有温中、止痛、理气等功效。茱萸叶还可治霍乱，根可以杀虫。《本草纲目》说它气味辛辣芳香，性温热，可以治寒驱毒。

古人认为佩带茱萸可以辟邪去灾。《风土记》记载："九月九日折茱萸以插头上，辟除恶气而御初寒。"因此，人们又给它送了个雅号："辟邪翁"。

重阳节佩茱萸的习俗在唐代很盛行，人们认为，在重阳节这一天

除登高望远外，还要身插茱萸方可以避难消灾。人们将茱萸或佩带于臂，或做香袋把茱萸放在里面佩带，称为茱萸囊，还有插在头上的。因此九月九日又被称为“茱萸节”。

重阳节与茱萸的关系最早见于《续齐楷记》中的一则故事：汝南人桓景随费长房学道。一日，费长房对桓景说，九月初九那天，你家将有大灾，其破解办法是叫家人各做一个彩色的袋子，里面装上茱萸，缠在臂上，登高山，饮菊酒。九月初九这天，桓景一家人照此而行，傍晚回家一看，果然家中的鸡犬牛羊都已死亡，而全家人因外出而安然无恙。于是茱萸“辟邪”便流传了下来。

其实，用现代的眼光来看，端午节和重阳节，一个是春夏交替，一个是秋冬交替，都是疾病容易流行的时节。古人们在这个时节佩带茱萸就是为了治寒驱毒而采取的防病措施，这也反映了我们的祖先在那时就有了预防疾病的科学思想，这是很了不起的。

桂

中秋时节，晚饭后我都要出去散散步，每当经过杏山路东边的一处老宅时，便会闻得到一股幽微的暗香，它雾气一样轻轻地飘浮在晚风中，带着淡淡的浅甜的香味儿。

我被这暗香吸引着，想探个究竟，一天，见门前坐一老人，便上前与之叙话，他答曰：八月桂花开嘛。我恍然大悟，农历八月不就是桂月吗？我说，它真香。老人说，桂花也有好多种，有丹桂、银桂、四季桂，它不但好看，味香，还能入药呢。

回来后，我查了下资料，在古代，桂花简称为桂，又称木犀。《本草纲目》记载，它“能治百病，养精神，和颜色，久服轻身不老，面生光华，媚好常如童子”。

古人称桂树为“月中仙树”。留下了许多吟咏桂树的诗篇佳作，如北周庾信的《舟中望月》：“天汉看珠蚌，星桥视桂花”；唐王维的《鸟鸣涧》：“人闲桂花落，夜静春山空”；元倪瓒的《桂花》：“桂花留晚色，帘影淡秋光”，等等，都是意境深远的绝世之作。

从古人的诗中我也确乎感觉到了桂花那独特的纯、香与美。

于是，我记住了这个场景：中秋月明，天清露冷，一处老宅，院中的桂树上缀满了朵朵盛开的桂花，空气中浸润着甜甜的桂花香味。

冷露、月色、花香，就这么深深地留在了我的记忆里。

芦苇

蒹葭苍苍，白露为霜。所谓伊人，在水一方。

溯洄从之，道阻且长。溯游从之，宛在水中央。

晚秋的芦苇丛随风摇曳着，远远望去，飘逸的芦絮像精灵的雪花，漫天遍野，飘飘扬扬，一片朦胧，白露霜凝依依，苍苍茫茫，一位美丽的佳人，自两千五百多年前的《诗经》中袅袅地向我们走来，那古老的爱情神话依然是那么地鲜活、生动。每当我读起这首《诗经 · 蒹葭》篇，就仿佛看到了这幅古老而又清新的景色，看到了这幅充满着诗意的画面。

芦苇，古人称之为蒹葭。它生长于池沼、河岸和溪边的多水地区，芦叶、芦花、芦茎、芦根、芦笋均可入药。它性寒、味甘，清胃火，除肺热；有健胃、镇呕、利尿之功效。

春天，在河边的浅滩上，一个个鲜嫩的芦笋芽头顶着沙土悄然钻出地面，给大地带来勃勃的生机。秋天，是芦苇荡景色最美的时候，大片盛开的芦花在晚霞里整齐地摇曳着，头上的穗子闪闪发光，起伏跌宕，通红如血；夜晚，芦花在月光下飘忽涌动，洁白如霜。面对此情此景，怎能不令人怦然心动呢。这样的景致，也不知引起过古往今来的人们多少美妙的遐想？

然而，在古人的诗句中，芦苇更多的似乎是表现那些凄楚萧瑟的景象，让人联想起人生的漂泊和岁月的无情。如刘禹锡：“从今四海为家日，故垒萧萧芦荻秋”，白居易：“可知风雨孤舟夜，芦苇丛中作此诗”，贾岛：“芦苇声兼雨，芰荷香绕灯”，韦应物：“人归山郭暗，雁下芦洲白”，许浑：“横塘一别已千里，芦苇萧萧风雨多”，

等等。在这些诗里，芦苇是一个重要的意象，而且大多表现那种凄美与悲凉。

和芦苇作伴的，是秋风秋雨，是长夜孤舟。我想，这多少是和他们的人生境遇有关吧，他们的一生大多坎坷流离，居无定所，这些古代的文人们又多愁善感，面对着这萧瑟的芦花，他们触景生情，感慨万千，于是写下了这些真挚的人生感受。

那一年的秋天，正值芦花飘飞之时，我来到了黄河口湿地，我不知自己是来看芦花的，还是来缅怀的。望着大片大片的芦苇荡，看着那蓬蓬勃勃、洁白清秀的芦花在秋风里随风飘扬、翩然曼舞着，我的思绪也随之飞扬起来，不知不觉的，邓丽君那纯美的歌声就在我的心中悠然升起：

绿草苍苍，白雾茫茫，有位佳人，在水一方……

甘草

相传，在很久以前，某乡村中有一老医生，医术精湛。一次他赴外地为人看病，临行给徒弟留了几包事先开好的药，准备应付家里来的病人。谁知他多日未回，留的那几包药快要用完了。徒弟无法，只好把院里烧水用的嚼起来甜丝丝的干柴切碎包起来，妄称是师傅走时留下的。谁知那些患了脾胃虚弱、咳嗽痰多、咽痛、痈疽肿痛、小儿胎毒的病人吃了这些甜丝丝的干柴，病都奇迹般地好了。

这种干柴，就是甘草。从此，甘草入药，一直沿用至今。在北方，甘草是很寻常的，田野里，丘陵上，到处都有它的身影，它不怕气候干燥，阳光暴晒，顽强地生长在贫瘠的荒漠上、河滩里。深秋时节，它的荚果裂开，籽粒随风飘散在大地上，天然地繁殖着。它的茎挺拔直立，根如圆柱，直径三四厘米，大的五六厘米，长一米多，最长者达三四米。因它能补益气，又被称为美草。它是一种十分重要的中药材，用途非常广泛，素有“十方九草”之称。

它的入药在我国已有悠久的历史。早在二千多年前，《神农本草经》就将其列为药之上乘。南朝医学家陶弘景将甘草尊为“国老”，并言：“此草最为众药之王，经方少有不用者。”“国老”即帝师之称。把甘草推崇为药之“帝师”，其原因正如李时珍在《本草纲目》中所释：“诸药中甘草为君，治七十二种乳石毒，解一千二百草木毒，调和众药有功，故有‘国老’之号。”

甘草“味甘，性平，清热解毒、抗菌消炎、润肺止咳、平喘。”民间多用其根治疗喉痛、咳嗽、痢疾及湿疹等症。

还是清代赵瑾叔的诗写得好：“九土精英色正黄，药中甘草入诸方。”树叶发黄，秋天便来了，动物们开始为过冬做准备，植物也开始成熟，天地开始步入肃杀萧条之色。此时进补，正当其时。

菊

入秋以后，由于体弱多病，我常喜欢一个人呆呆地孤坐着，望院中生长着的几株残菊，在秋风中瑟瑟地摇弋着，四周静极，能听见叶子一片片掉落下来的声音，宛若谁在轻轻地叹息一般。脑海中便时常浮现出古人的诗句来：

黄昏风雨打园林，残菊飘零满地金。
擸得一枝犹好在，可怜公子惜花心。

——王安石《残菊》

秋丛绕舍似陶家，遍绕篱边日渐斜。

不是花中偏爱菊，此花开尽更无花。

——元稹《菊花》

这两首诗虽属上乘之作，但我以为仍比不上易安居士的《醉花阴》：“……东篱把酒黄昏后，有暗香盈袖。莫道不消魂，帘卷西风，人比黄花瘦。”和《声声慢》：“满地黄花堆积，憔悴损，如今有谁堪摘？守着窗儿，独自怎生得黑？梧桐更兼细雨，到黄昏，点点滴滴。”她真是把那种孤寂清冷、凄惨忧戚的气氛写绝了，这恐怕也是我多年来一直喜欢她的原因吧。

有关菊的最早记载见于《尔雅》。《礼记 · 月令篇》有“季秋之月，菊有黄花”之句，《山海经》亦说：“女儿之山，在今河南宜阳，其

草多菊。”

我由于身体不好，便研究起菊的药用价值来，据《本草纲目》载：菊，味兼甘苦，性秉平和，昔人谓其能除风热，益肝补阴。菊春生夏茂，秋华冬实，备受四气，饱经露霜。

秋是一日日地近了，又一日日地远去，天气便渐渐清凉入骨起来，我的病仍不见好转。举目苍穹，远眺落日，总使人产生一种天地空茫，时光匆忽之感。

望着院中的几株残菊，我的心情也有些黯然。也许是我天生就有那种落寞的心境吧。

蓝

《说文》曰："药，治病草也。"你看，甘草、车前草、通草、龙舌草、薰草，哪样草不能治病？

草药都是有颜色的，有的草药就是直接以颜色来命名的，开始我还有点不相信，一查资料，果然就查到了"蓝"这种植物，这真是有点意外，我这才真心地佩服起古人来了。

"蓝"，听上去多么典雅，它是一种颜色，不禁让人想起旧时民间印花布的颜色和少数民族传统服饰中的蜡染，以及景德镇瓷器上青花的蓝。果然，《本草纲目》载："蓝实生河内平泽，其茎叶可以染青。"也就是说它首先是一种专门用作染料的草，用蓝制成的染料又叫"靛蓝"。其次才是它的药用，作药它可起到去热烦、杀恶虫、解诸毒、明耳目、疗毒肿之功效。它的根就叫“板蓝根”，可制成中药，也是治疗小孩腮腺炎的特效药，过去小孩发腮腺炎普通人家常用它包在小孩的脖子上，真的很灵验，一般两三天就好了。因此人们想象，用蓝染成的印花布也肯定具有保健和有益身体的作用吧。

李时珍在《本草纲目》中云：“凡蓝五种。”具体是蓼蓝、菘蓝、马蓝、木蓝、青蓝等。在古代的印染工艺中，靛蓝是应用最广和最重要的一种植物染料。

我国贵州盛产蓝草，据《贵阳府志》载：贵州种植蓝草并用以染色历史悠久。在贵州的桐乡，每到收获季节，人们在专门制作染料的石坑或水泥窖中放满水，然后把蓝草叶子放进去浸泡四五天（天热的话会更快一些），使它发酵，然后放入石灰粉或具有碱质的砺壳粉，把它搅匀，让蓝草色素沉淀。然后捞起腐烂的叶、茎、杂质，让它沉淀，最后放去上面的清水，经过滤就成了植物染料“靛蓝”，也叫“土靛”。

这个“靛”字很有意思，是“青”和“淀”拼合而成的，意思就是沉淀的东西，就是染“青”（蓝色）的“靛”，是个会意字。古人曰：“青，出之于蓝，而胜于蓝。”就是这个意思。用靛蓝染出的布就是传统的蓝印花布了。

相传当地青年男女定亲后，男方种棉花，女方种蓝草。秋后，棉花收成了，交给女方，女方纺织，再用蓝草的汁液，把棉布漂染成深蓝或青红，作为双方结婚的用品。这是一种久已远去的生活方式，而在这里却继续传承着，他们就象是生活在世外桃源中一般，实在是让人羡慕。

人参

不能不说到人参了，这可是驰名中外、老幼皆知的名贵药材。就如同药界里的明星大腕，走到哪里都有大批的记者和粉丝簇拥着，又好似王公贵族，是那么的高不可攀，令我们这样的小老百姓只能望其项背。

古人将人参雅称为黄精、地精、神草，被人们称为“百草之王”。它是名贵的补药，久服能健身延年，具有很高的医疗价值和经济价值。中医认为，人参性平、味甘、微苦。具有大补元气、复脉固脱、补脾益肺、生津、安神之功能。其叶也入药，叫参叶。

在中国医药史上，使用人参的历史十分久远。早在战国时代，良医扁鹊对人参的药性和疗效已有了解；秦汉时代的《神农本草经》将其列为药中上品。

参是多年生草本植物，为东北特产之一，由于根部肥大，形若纺锤，常有分叉，全貌颇似人的头、手、足和身躯，故而称为人参。人参分为山参和园参两大类，野生的称为“山参”，多生长于东北阔叶林与针叶林混生的人迹罕至的原始森林中，是中国一类保护植物。其生长非常缓慢，一两重的山参要长四五十年甚至上百年，由于人们对其需求日益增加，因此，野生人参日趋减少，愈为罕见。园参，即人工栽培的人参，也称“家参”。生产于吉林长白山脉、辽宁、黑龙江、河北、山西、湖北等地。

在我小的时候，曾经在盛产人参的吉林长白山区呆过几年，每次走进森林，都幻想着能有幸碰见这传说中的“人参娃娃”，可每次都失望而归，后来才听说，随着人们的过度采伐，野生的山参已面临绝迹，早已十分罕见了。

爸爸转业那年，曾专门进山找参农买了几根山参，说是带回山东老家。回到山东后，我一直没有见到爸爸带回来的那几根山参，也没有再问。后来，爸爸病了，我说：咱不是有从东北带回来的人参吗，熬上它，给爸爸补补吧。爸爸说：那哪是咱吃的东西呵，那是用来办事的。原来，爸爸为了能回山东找一个稳定的工作，已把它作为礼品送了人了。

胡萝卜

胡萝卜是菜地里的美人，她皮肤光亮，鲜美甜脆，穿着一袭红色的长裙，满头的绿发，个性十足，很是张扬，就连她茂密的秀发（英子）也是那么地优美婆娑，散发着浓烈的香味。整个秋天，在满地的黄叶里，也就是胡萝卜还能带给人们一片的葱郁和朝气，成为一道靓丽的风景。

胡萝卜，顾名思义，就是胡人的萝卜，或者胡地产的萝卜。据史料记载，它也确实原产于中亚细亚一带，它的栽培历史在2000年以上，元代末才传入我国。你就看它的长相，一身穿红戴绿的打扮，也颇似胡地的女人。

中医认为胡萝卜性甘平，归肺脾，具有健脾化滞、清凉降热、润肠通便、增进食欲等功效。胡萝卜外形长得像人参，营养价值很高，能增强人体的抵抗力，素来享有“小人参”的美誉，它又是百姓的家常菜，因而又被誉为“百姓的人参”。虽说它是一种蔬菜，但吃了它，能获得在动物性食品里才有的维生素A，可以增强视力，而且对皮肤也有好处，能增强皮肤的抗损伤能力、有助于保持皮肤的弹性，所以它也是美容养颜的佳品。

夏末时节，在明媚的阳光照耀下，就和所有爱美的女孩儿一样，碧绿的胡萝卜苗从土里探出头来，大大地伸了个懒腰，对着骄阳开始认真地梳理她的秀发，露出满脸的惬意。几场秋雨过后，天气凉爽了下来，此时的她也如女大十八变一般地越发清秀起来，已呈现出了精致的曲线，好似身着典雅旗袍的女子，带给人一种优美的韵律之感，她的那头浓密的秀发，也似乎有了神韵，在这秋日时节显得更加地风姿绰约了。

这是一种独特的美，这种美带着率真、洒脱、优雅与热情。虽然她生长在深秋时节，但绝不是个“冷美人”，因为在她的身上有着几分青春的韵律和异域的色彩。

其实，旗袍不也是胡人女子的服饰吗？

花椒

在夜深人静的时候，记忆的闸门会不经意地打开，因为生活中总事会触动我们。这是一个明媚的春天的夜晚，窗子敞开着，淡绿色的窗帘被晚风吹得轻轻地摆动着。从我的阳台望出去，可以看到路边街灯的下面有一棵小灌木已经发出了嫩绿的芽，那是一棵被人随便栽在那里的花椒树。

就在那一瞬间，我忽然想起了小时候春天里的花椒树。那时候，春天来了，一场春雨过后，在湿漉漉的空气里，仿佛在一夜之间，花椒树就发出了嫩绿的小芽，带着一股浓烈的清香的气味。那气味是潮湿的，有着土地上青草的气息，每当闻到这股气息，我就知道：春天来了。

那时候家里来了客人都是自己炒菜做饭的，不像现在，来了客人都上饭店，那时候只要是家里一来客人，全家人便都忙活起来，杀鸡、称肉、买这买那，我们小孩子也不闲着，帮着大人一起干活，打水、洗菜都是我们小孩子来干，自家园子里就种着各种的蔬菜，我们随手摘上几样就是几个菜，就连园子的篱笆墙都是菜，因为那个墙就是花椒树围起来的，春天里，花椒刚刚长出嫩叶，我们就摘了吃，新鲜的花椒也是能吃的，我们经常把鲜花椒、鲜辣椒和姜放在一起砸碎了拌着吃，十分麻辣爽口，让人胃口大开，忍不住要多吃好多饭呢！因为它非常鲜辣可口，我们还给它起了个很好听的名字："三辣"。

后来读了些书才知道，从中医上讲，花椒性温，有温中散寒、除湿、止痛、杀虫的作用，春季适度食用有助于人体阳气的生发。《本草纲目》中就记载，花椒能"治上气，咳嗽吐逆疝瘕，风湿寒痹。下气杀虫，利五脏，去老血"。

时间飞快地流逝了，有时还会在一个春光明媚的周日，约上三两好友去野外郊游，或爬一些不知名的小山，让清凉的微风拂过面颊，贪婪地吮吸一下清新的空气，看看远处的溪水蜿蜒、群峰连绵，只是再也闻不到孩提时那带有浓烈味的花椒树的气息了。

现在的时间过得更快，总是担心容颜荒芜，担心老之将至，真想挽住时间的手，让它慢点，再慢点。可是时间哪里听我的话，它轻轻地就让我的时光悄悄地溜走了，我青春的小鸟再也不会飞回来了，就像那带有浓烈气味儿的花椒树，再也闻不到了。

栗

栗字书作西木，相传与西方净土有关，古时僧人常用此木作手杖。在我的印象中，栗树也如高僧般喜藏深山，平时是见不大着的，它是那么地沉稳木讷，不善言语，高深莫测。你看它的果实，像极了它的性格，外壳上布满了坚硬的芒刺，里面还有一层厚厚的皮，它把甘美的果实深深地藏在最里面，不想让人见。

据《本草纲目》载，它甘涩，平、无毒，和胃和中，收敛止血。它的花朵不大，一串串的，花期也很短，只在初夏时节开上几天。在夏日的深山中，小溪旁，栗树那高大的树冠，在骄阳下微微地颤动着，给人们带来习习的凉意。

深秋时节，我曾带着妻儿游过蒙山，见到了500多年树龄的老栗树，

那不是一棵，而是一片，在山涧小溪旁，一大片栗树郁郁苍苍，很是壮观，棵棵大树几个人都抱不过来，树上的叶子已有一半变得金黄，满地的落叶踩上去“哗哗”地直响，我听到了栗子掉落到地上的声音，稍不注意就会踩到那满是芒刺的圆球上，有人拿了长杆子往树上捅，一不小心毛栗落在头发上，费了好大的劲儿才拿下来。

想不起是哪位古人说过的了：“毛栗纷纷落，寂寂满山空。”也许是我自己编的吧。

薯

薯是与我们老百姓的关系最为密切的一种植物，我说的是地瓜。南方人称作甘薯、红薯、白薯、番薯或山芋，我们北方人干脆就叫它地瓜，在我老家则管它叫芋头。到了秋天，满地里都是。它能有这么多的名字，也正说明了人们对它的喜爱，多少年来，它一直是老百姓家里的主食。

据《本草纲目》《本草纲目拾遗》等古代文献记载，红薯有“补虚乏，益气力，健脾胃，强肾阴”的功效，使人“长寿少疾”，还能补中、和血、暖胃、肥五脏等。

在20世纪的七十年代，秋天，老家刨地瓜的时候，那是家家户户男女老少齐上阵，大家刨的刨，擦的擦，晒的晒，忙得不亦乐乎。刨地瓜是个体力活，一般都是男人干，擦地瓜既是体力活又是技术活，不小心就会把手给擦破了，我就曾经擦破过手。擦出的地瓜干白白的，散发着清甜的香味儿，我们小孩子主要是负责晒地瓜干，我们把地瓜干整整齐齐地摆到地里，站在远处看，满地里晒的都是白花花的地瓜干，就像下了雪一般。

晚上，我们就在地里守秋过夜，几个小伙伴围着一堆火烤地瓜吃，烤出来的地瓜又香又甜，我们边吃边讲故事，火苗子在眼前噼啪作响着，大家你讲一个我再讲一个，我虽然胆子小，却最爱听鬼故事，听着听着，一只夜鸟悄无声息地从我们头顶上飞过，吓得我全身的毛孔都竖了起来。

秋天的夜晚，皎洁的月亮挂在黑色的夜空中，星星不时地眨着诡秘的眼睛，是那么地深邃，远处的群山黑沉沉的。放眼望去，满地里的地瓜干犹如轻霜铺地，又似月光洒满大地，令人遐想不尽。

梨花

一场春雨过后，公园里的梨花随风飘落，一地的梨花洁白如雪，却比雪更加动人。这带雨的梨花，点点片片，撒满一地，实在叫人不忍心用脚踩上去，真怕玷污了这片高洁的美。

一树梨花，沐浴着朗朗月光，静听着潺潺溪水，像亭亭玉立的少女，那么美丽而高洁，优雅而迷人。

春天，因梨花而洁美。因此，古人用梨花来形容清纯美丽的女子。

梨花曾经盛开在唐诗里，诗人们借梨花而抒发着个人的情怀。有一首《春怨》写道：

纱窗日落渐黄昏，金屋无人见泪痕。

寂寞空庭春欲晚，梨花满地不开门。

全诗描写环境，突出女主人公命运之悲苦和内心之凄凉。写了日落，又写黄昏，使暮色加倍昏暗；写了春晚，又写梨花满地，写了金屋无人，又写庭院空寂，更写出了重门深掩和女主人内心之寂寞。

梨花写得最富奇趣的当首推唐代大诗人岑参的《白雪歌送武判官归京》：

北风卷地北草折，胡天八月即飞雪。

忽如一夜春风来，千树万树梨花开。

胡地八月，冰天雪地，银装素裹，寒彻透骨，诗人却妙想设喻，说梨花盛开，热闹缤纷，不见凄神寒骨之感，只觉温馨热烈之兴。读之令人遐想，顿觉花团锦簇，芳香扑鼻，兴奋惊喜油然而生。

而杜牧的《初冬夜饮》所传达的心绪却是截然的不同：

淮阳多病偶求欢，客袖侵霜与烛盘。

砌下梨花一堆雪，明年谁此凭栏杆?

诗人被贬官降职，作客他乡的孤独苦闷，加之积病缠身，愁思郁结，只能借酒浇愁，聊以自慰。偏逢天寒岁暮，诗人秉烛独饮，吊影自伤，愤悱无告，更觉寂寞悲凉。

一树梨花，一段风月，每一缕春风拂面，每一座小桥流水，每一处塞外边陲，都有一段故事，都有一颗心灵，就那么静静地凝固在唐诗的意境里。

一千年过去了，又一千年过去了，风吹梨花飘落，它默默地等候着你的到来，等你来静静地聆听，细细地去品读……

蒲公英

这是小时候最常见的一种小草，初春时节，它是最早开花的植物之一，在早春的寒风中，它们开着一朵朵黄色的小花，在田野里、道路旁、山谷中，随处可见，我们老家人管它叫“婆婆丁”。那时候家里穷，我们便将它剜下来，拿回家，洗净了蘸酱吃，吃到嘴里，清香爽口，还略带一点苦味儿。到了夏天，它便头顶一个圆圆的白色小绒球，你用手轻轻摘下来，放到嘴边使劲儿一吹，半空中便飘满了小小的降落伞，它们悠悠地在空中飞舞着，让人浮想联翩，犹如童年的一个梦。

据《本草纲目》记载，蒲公英性平，味甘，微苦；有清热解毒、消肿散结、利尿之功效。因此，它还有个很有意思的别名：“尿床草”。

每种草都有个美丽的传说。

相传在很久很久以前，有个十六岁的大姑娘患了乳痈，乳房又红又肿，疼痛难忍。但她羞于开口，只好强忍着。这事被她母亲知道了。当时是封建社会，她母亲又缺乏知识，从未听说过大姑娘会患乳痈，以为女儿做了什么见不得人的事。姑娘见母亲怀疑自己的贞节，又羞又气，更无脸见人，便横下一条心，在夜晚偷偷逃出家园投河自尽。事有凑巧，当时河边有一艘渔船，一个蒲姓老公和女儿小英正在月光下撒网捕鱼。他们救起了姑娘，问清了投河的根由。

第二天，小英按照父亲的指点，从山上挖了一种好草，翠绿的披针形叶，上被白色丝状毛，边缘呈锯齿状，顶端长着一个松散的白绒球。小英采回了这种小草，洗净后捣烂成泥，敷在姑娘的乳痈上，不几天姑娘的病就霍然而愈了。

后来，姑娘就将这草带回家园栽种。为了纪念这对渔家父女，人们便把这种野草叫做“蒲公英”了。

这大概就是“蒲公英”名称的由来吧。

杏

我一直幻想着有一个大而宁静的院子，种杏树两三株，早春三月，花开满树，放眼望去，景色极佳。

我之爱杏，一是因它原产于我国，是土生土长的中国树；二是它有着良好的中药价值。中医认为，它主治风寒肺病，生津止渴，润肺化痰，清热解毒；三是我就住在小城的杏山路。想想看，杏山，春天里，满山的杏树都盛开了，那会是一个怎样的景致啊！

有一年春，我与友游一古寺，正值傍晚时分，远山苍苍，暮色茫茫，此时寺内杳无人迹，唯有杏树三棵，立于庭院，正值花开满树，状若飞雪。

我凝视良久，唏嘘不已，抬头仰望，一行北归的大雁正静悬空中，犹如我那久已远去的梦。

马齿苋

马齿苋是非常普通的野菜，各地有各地的叫法，在我们这儿叫蚂蚱菜或马生菜。它在我国分布极广，田间地头、山野河沟，不择土壤水质，不讲生存条件，属于“给点阳光就灿烂”的生命力极强的野生植物，极其耐旱，你就是把它拔下来扔到路上在阳光下暴晒一个星期再种上，它照样活得好好的，因此人们又叫它“不死草”。

小时候调皮，经常被马蜂虫蚁叮咬。大人就会把马齿苋捣烂，敷在伤口上，特别有效。遇到生疮什么的，也同样炮制，总能很快见效。后来大了看书才知道：马齿苋味酸，性寒。有清热解毒、杀虫散血的作用，可治热毒引起的视物不清或生翳膜肿痛，以及热毒血痢等症。因此在《食物养生》中称它是“天然抗生素”。《本草纲目》记载：“其叶比并如马齿，而性滑利似见如明。”

中国人自古就有食用马齿苋的习惯. 它有很多种吃法，可配肉丝炒食，可做馅包饺子包子，可熬菜粥，也可以拌凉菜。爸爸在世的时候就喜欢吃它，每年夏天，它是我们的家常菜。我们把采来的新鲜马生菜去根洗净，用开水焯过，再放在凉水里冷却，然后放适量生抽、醋、香油、味精、盐、胡椒、蒜末等即可。口感像蕨菜，很滑很脆，酸酸甜甜的，伴着淡淡的清香，在夏天吃来感觉十分清爽。

爸爸病重的时候，我查询了一些有关的食疗方法。发现了一个很好的食疗方子：马齿苋煎水，兑入烊化的阿胶，可以给爸爸解毒消肿。当时，我高兴极了，就去问别人“什么是马齿苋？”可是问了好多人都不知道，后来问了一位老中医这才知道马齿苋就是我们经常吃的“马生菜”。可当时正值寒冬腊月，哪里来的马生菜呢？爸爸在12月21日的凌晨去世了，永远地离开了我们，他临终的前几天还对妈妈说想要吃马生菜。

爸爸去世以后，我就接妈妈来住段时间，在我家楼前的花坛里面长着星星点点的马生菜，开着淡淡的黄色小花。妈妈有时就去采摘一点，她每次采好了马生菜都会细心地洗净，按照爸爸喜欢的吃法做好。认真地拌好佐料，说上一句：“你爸爸最喜欢吃这个马生菜了。临走的头几天还念叨着想吃呢！可惜……”话没有说完，眼圈就红了，看她低下头哽咽地吃着马生菜的情景，我的心痛如刀绞。

以前，我走在路上不会去注意那些小花小草，可是现在每逢我看到顽强的马生菜的时候，心头就会涌起一番别样的滋味儿……

樱桃

初夏时节，正是樱桃红了的时候，时令中的樱桃，那叫一个美。当你来到樱桃园里就会发现，在那椭圆形的翠绿的叶子下面，是无数颗红艳艳的小珍珠，她们淘气地躲着你，不想让你发现，就像个爱撒娇的小女孩儿在那里发嗲。此时的樱桃怎么看都是那么的可爱，咱先不说它好吃不好吃，光从色彩上看，你就会觉得这么漂亮的小红果吃了真是可惜了，不禁让我想起一个很美的句子："红了樱桃，绿了芭蕉。"

据说大诗人苏东坡就十分喜爱樱桃，曾作《樱桃》诗一首："独绕樱桃树，酒醒喉肺干。莫除枝上露，从向口中传。"诗人辛弃疾也对樱桃很感兴趣，专门写了《菩萨蛮 · 席上分赋得樱桃》一首来歌颂樱桃："香浮乳酪玻璃流，年年醉里尝新惯。何物比春风？歌唇一点红。江湖清梦断，翠笼明光殿。万颗写轻匀，低头愧野人。”写到此，我好像也明白了古人的一点心思，怪不得他们夸女孩子长得漂亮就形容她们“歌唇一点红”呢，原来“樱桃小口一点点”就是从这里来的呀。

俗话说樱桃好吃树难栽，樱桃属于蔷薇科落叶果树，成熟期早，有早春第一果的美誉，号称“百果第一枝”，是每年春天里最早下来的水果。樱桃味美形娇，营养丰富，医疗保健价值颇高。她果实性温、味甜，有调中益脾、调气活血、平肝祛热的功效。

我的印象中最爱吃樱桃的好像是小鸟。以前，我们家的院子里种过一棵樱桃树，每当樱桃红了的时候，都会引得许多的小鸟来，它们围着樱桃树叽叽喳喳地要吵闹好几天，一直到樱桃都下完了，它们才肯飞走。

最爱吃樱桃的还有女孩子，你看那红红的樱桃个个玲珑剔透，是那么娇嫩，那么漂亮，滋味又是酸酸甜甜的，带着一点点的羞涩感，多像是少男少女们初恋时的感觉呀。

红豆

红豆生南国，春来发几枝？

愿君多采撷，此物最相思。

相思之情，人所共有。王维在这首《相思》中托红豆寄思情，语浅情深，委婉含蓄地向我们述说了他那无尽的思念之情，读来诚挚感人。那绵绵的思念之情，让他写来真是风神摇曳，情思缠绵，令人神往。充满了自然的意味和隽永的格调。

据说天宝之乱后，著名歌者李龟年被迫离开长安，辗转流落在江南，经常为人演唱这首《相思》，听者无不动容。

红豆，产于两广一带，又名相思子，形如豌豆，朱红色，晶莹如珊瑚，南方人用以镶嵌饰物。同时，它还具有药用功效，据《食疗本草》载：“和鲤鱼煮烂食之，甚治大腹水肿。”《本草纲目》也说它：“通乳汁，和鲤鱼、鲫鱼、黄雌鸡煮食。”唐诗中常用它来关合相思之情。

相传汉代闽越国有一男子被强征戍边，其妻终日望归，后来同去戍边者都回来了，惟有其夫未返，妻思念更切，终日立于村前道口树下，朝盼暮望，哭断柔肠，泣血而死。后来树上忽结荚果，其籽半红半黑，晶莹鲜艳，人们视为贞妻的血泪凝成，便称之为“红豆”，又把它叫做“相思子”。

相思红豆是我国独有的文化产物，古人常用它来象征爱情或寄寓相思。

我突然意识到，无论是古人还是今人，爱情都是最神圣的，爱情是我们的身体与灵魂存在的理由，爱情就是思想，就是语言。

一个人在内心深处如果无视爱情，那将遭到天谴，那将是无处可悔罪的。

一个从未爱过任何人的人活着还有什么意义呢？

慈竹

自从我家建了房子，我就在院子里种了一丛竹子，这还是我从朋友家的竹林里刨来的，朋友说这是慈竹。在我们这里，别人家建了房子后紧跟着就再建南屋、东屋、西屋，直到把整个院子都建成屋。我则不然，我就在院子里种上一丛竹子，还在小院的一角挖了一方鱼池，养了金鱼，让它们带给我绿色的同时，也给我的生活增添一份雅致，于是就有了“近窗卧砌两三丛，佐静添幽别有功”的清静。

夏日的夜晚，坐在院子里品茶赏竹，那几丛青翠的竹子就是全部的装饰，这也是我所追求的世外桃源之美景吧。夜里卧在床上，听得窗外阵阵风起，泠泠的声响，像从心里刮过一样，是那么地幽，那么地静。

夏日里，我经常坐在小院里喝着自制的慈竹茶，因为它能清心热，治头昏。具有清心利尿，除烦止渴等功能。这种慈竹，也是竹子的一种，它高约七八米，梢端细长作弧形或下垂，在农家的房前屋后或丘陵等地都有种植。作为中药的慈竹是禾本科植物慈竹的叶或卷而未放的嫩叶（竹叶心）。它性味甘、苦；微寒，不但可以煎汤，民间还常用它来泡水代茶饮。盛夏时节，泡上一壶慈竹茶来喝，不但能解烦热，止烦渴，还对肠胃燥结、热泻、坠胀、小便黄痛等症都有疗效。

我自小喜爱竹子，小时候，那鲜嫩的竹笋是我最喜欢的食物，笋衣包成的粽子又是那样地异常清香。在竹林中，有着我无忧无虑的童年，有过我的欢笑、我的快乐。然而，竹子的清高或许也是它消失的原因吧，有一日，小村的边上建起了一座化工厂，从此竹子就走向了灭绝。没

有竹的日子，人们一样快乐，那是经济腾飞的结果。可是，竹林在我的心中却始终占据着很大的一块地方。

竹影摇曳的日子已成过去，只有那编有美丽图案的竹席依然在夏日里伴着怕热的我，失去生命力的竹子整个被用作了晾衣服的工具，长年的日晒雨淋，早已失去了原有的绿色，变成了泛黄的回忆，环绕小村的青青翠竹已和我的童年一样只留在记忆之中了。

几年过去了，仿佛只有我的竹子长成了一大片，虽不是童年时的竹林，但心中的竹林依旧。坐在小院里喝着慈竹茶，回忆着那些过去了的旧日时光，心中不免就带了一些的惆怅。

远志

真是佩服古人的想象力，就连对中草药的命名都是别出心裁，很多药的名字就像是个人名，而且男女老少皆有。你看，徐长卿，姓徐名长卿，一个典型的中年男子；阿魏，这不就是个生在南方的后生崽吗；白微，就是个气质端庄的青年女子；白头翁，就更不用说了；而远志，定是个志存高远的有志青年吧。

果不其然，关于远志的由来，确实与一个人有关：

相传古时候，有一个十分孝顺的小伙子名叫远志。他的母亲患心病多年未能治愈。远志非常心疼母亲，决心亲自上山，寻找能治心病的药。他历尽艰辛，却始终找不到这种药。于是沮丧地在山头上坐了三天三夜，一筹莫展。第四天，突然走来一位背着石头的姑娘，说是这山上的草药治好了她父亲的心病，所以不忘山恩，来此立碑。远志闻听，喜出望外，依照姑娘的指点，终于采到了治疗母亲心病的药。后来，人们被小伙子孝敬老人的精神所感动，就把这种草药称作“远志”了。

远志是一种能宁心安神、祛痰开窍的中草药，生长于山坡草丛中，性温，味苦、辛、涩。我国现存最早的药学专著《本经》中就有其药性的记载，说它具有“益智慧，耳目聪明，不忘，强志倍力”之功。《药性论》载其“治心神健忘”。李时珍认为“此药服之能益智强志，故有远志之称”。我国唐代医学家孙思邈将远志列为益智方。

远志为远志科多年生草本植物，根和茎入药，别名“小草”，为什么又叫小草呢？据南宋刘义庆《世说新语》载，东晋大臣谢安，开始隐居东山不出，后来下山做了桓宣武的司马官。当时有 70 人给桓公送了不少中药，其中有远志，桓宣武就问谢安，这种（指远志）药又叫小草，为什么一样药又叫两个名字呢？在场的郝隆立即回答说：“处则为远志，出则为小草。”根埋土中为处，处则为远志，叶出地上为出，出则为小草。郝隆是以诙谐反喻的语言讥笑了一下谢安。

龚自珍是我国清末伟大的思想家和文学家。他曾经借中药远志写过一首诗抒发他虽有保卫国家的远大理想和人生抱负，却不被重用的心境和愤世之情：

九边烂熟等雕虫，远志真看小草同。
枉说健儿身在手，青灯夜雪阻山东。

当时林则徐赴广东查禁鸦片，曾预料英帝国主义可能出兵侵犯，建议清廷应加强战备，巩固边境海防，绝不能妥协，可惜他的建议未被重视和采纳。在这种情况下，诗人借喻中药远志，吟诗抒怀，表达了自己的思想和心境。龚自珍纵然通晓兵书，熟悉边境的作战地形和有抗击敌人的具体办法，可是却得不到朝廷的重用，令人不禁扼腕叹息。

其实，历史上曾经有过多少像他这样的有志之士，不能一展身手，而空怀抱国之志啊！这是他们的悲哀，我想，这更是统治者的悲哀。

王孙

草是低贱之物，长于荒山野岭，就如同普通的老百姓一样，老百姓的心里面也都有着一个个美好的愿望，可又难以实现，于是就给这些野草们起上个好听的名字来画饼充饥，以寄托自己的愿望和理想，比如当归、远志、百合等，有的名字还带有王者气派和富贵色彩，如九龙根、明党参、王孙等。我想，王孙这味中草药名字的来历大概就是这样的吧。

唐代大诗人王维有一首《送别》诗："山中相送罢，日暮掩柴扉。春草明年绿，王孙归不归？"这诗中的"王孙"既是指富贵公子哥儿，同时也暗喻了中草药"王孙"。据《神农本草经》记载：王孙性味苦、辛、温。主治寒湿久痹，腰肢冷痛，外伤出血。《唐本草》说它：生肌肉，止痛，补虚益气。

也有人称黄芪就是“王孙”，因为王孙有许多的别名（古人往往如此）：黄孙、黄昏、长孙、海孙、白功草、蔓延、杜蒙、露水一颗珠、露水珠、清水珠、七叶一枝花等，见于与王维同朝的甄权的《药性论》，转载于李时珍的《本草纲目》。黄芪，旧作“耆”，长也，被李时珍称为“补药之长”。至于黄芪到底是不是王孙，还有待考证。

《旧唐书·方技传》记载：唐朝许胤宗在南陈新蔡王手下做官时，柳太后突然患中风说不出话来，请遍名医治疗都没有效果。柳太后因为口噤不能服药，眼见病情一天比一天加重，众医束手无策，新蔡王更是心急如焚。而精通医药的许胤宗不但不着急，反而提出用热汤气熏蒸法为太后治病。于是用黄芪、防风两味药煮汤数十斛，放到柳太后的床下，药汁弥漫，烟雾缭绕，柳太后当天晚上就能说话。又经过一段时间的调理，太后便康复如同以前了。

柳太后猝患中风，是因年老体弱、气血失调的结果。而黄芪性温，善补气升阳、固表行滞；防风性微温，善散风胜湿止痛。李杲说：黄芪得防风其功愈大。二者相伍，既能补气固表而健体，又能散风行滞而调气血，恰中病理。再加上热蒸气既能温通经络，促进气血运行，又能润肌肤、开毛窍，促进药物成分的吸收，故能在较短时间内收效。

袁枚是清代乾隆年间的进士，才华出众，诗文冠江南。他与纪晓岚有南袁北纪之称。袁枚好吃也懂得吃，是一位烹饪专家，曾著有《随园食单》一书，是我国饮撰食事中一部重要著作，为我国的饮食史保存了不少宝贵的史料。正因为好吃便与黄芪结下了不解之缘。

有一年夏天，袁枚因贪口腹患了痢疾，腹痛腹泻，大便为黏液血水样。经医生治疗，病情仍无明显好转。这时一位医生以袁枚年高体弱为由，用黄芪、人参等补益药治疗结果导致闭门留寇，邪无出路，致使袁枚病情加剧。后来他的一位老友名叫张止厚劝他服用自制的大黄，袁枚服了大黄，疾病痊愈了，便作诗以谢老友："药可通神信不诬，将军竟救白云夫。医无成见心才活，病到垂危胆亦粗。"

黄芪不仅是一味名药，还被广泛用于食疗。黄芪粥是中国传统的药粥，在宋代已经风行，苏轼曾写过"黄芪煮粥荐春盘"之句，可见苏轼是食用过黄芪粥的。

可我怀疑黄芪不是王孙，但我能力有限，一直没有查到相关的资料。

栀子

静谧的夜，悠远而又宁静。皎洁的月光透过树叶的间隙幽幽地洒在地上，树影斑驳，涩草掩掩，稀疏的星星不知躲在哪里偷偷地笑着，让浓浓的湛蓝铺满了整个夜空，几丝若隐若现的云朵，随意地漫步而上，一会儿又被风吹得没有了踪影，惹的明晃晃的月亮好奇地东张西望着，仿佛要追上去似的。

月下，洁白的栀子花盛开了，她在月光里摇曳着，给人一种冰清玉洁的感觉。空气中飘过阵阵的清香，恰如这静谧夜色里的一幅优美的画卷。似乎是沾染了月的灵气，栀子花也在夜间开放，便和月亮联系在了一起，宛若月亮的女儿一般。她虽然没有牡丹的娇艳，却也不失月季的妩媚，恰如小家碧玉般的清秀隽永。正如明代沈周的《栀子

花诗》所写的那样：

雪魄冰花凉气清，曲栏深处艳精神。

一钩新月风牵影，暗送娇香入画庭。

当我们穿越这唐诗宋词的余韵，在烟雨蒙蒙的四月，在诗意江南的夜晚，推开窗户，让栀子花的清香扑面而来，随着晨风四处流淌，深深地吸一口这清香味儿，让我们陶醉在这花的芳香里。此时，不知你是否知道？她其实是从冬季就在孕育着花苞，直到近夏才开始绽放的。于是，这看似不经意的绽放，其实是经历了从冬天就开始的长久的努力与坚持的。在她洁白、温馨的外表下，蕴含的是坚韧、持久的生命。除了观赏外，栀子的花、果实、叶和根均可入药，有清热利尿、凉血解毒、血淋痛涩、目红肿痛、降血压等功效。

在这样一个安静的夜晚，芳香纯白的栀子花就像是一位清丽素雅的女子，以她最轻盈的身姿，带给我们无限的遐想。月夜下，高雅的香气让她的全身都充满了强烈的女人味儿，分外地可亲、可爱，真不知会令多少人为之注目、倾情？

循着香味儿，一路烟雨，一路花香。四处弥漫的花香俨然就是一张网，只是，不要走的太近，别惊动了花魂，我们只能远远地欣赏、静静地分享。就让我们徘徊于这距离的迷茫，迷茫在那只能相闻不得一见的花香。

这距离，除了能产生美，还能让花香更加悠远、流长，还有那一丝的惆怅，惆怅里夹杂着栀子花的清香。是栀子花在害羞？还是怕被人看见她未加修饰，未曾妆容的模样？那淡雅的清香，可是把人的心都薰醉了，就连栀子花也似乎有了醉意。

今晚的月亮可是真美。

金银花

从莲花山上回来已经一个多月了，我仍有意犹未尽之感，几次想拿起笔来写写，可都不知从何处下笔，昨夜又一次梦到了那山花遍野、绿草如茵、苍松翠柏的幽谷。我想，我已深深地爱上了这座山。

莲花山是一座非常古老的历史文化名山，古称“新甫山”“小泰山”“宫山”，山上有着众多的碑刻及摩崖石刻。相传汉武帝等历代许多名人都曾莅临过此山。它不仅历史悠久，而且山势瑰奇。当你走上山来，既能体会到青山碧水与蓝天白云的浑然一体，也能感受到跨越历史的时空。在我看来，莲花山的魅力不仅仅是这些，这里林木繁茂，满山葱郁，悬崖幽壑遍生松柏，柏海松涛中更有着众多的著名古木。它的松柏真是太有名了，早在《诗经》中就曾对它大加赞美：“徂徕之松，新甫之柏。”

那是初夏时节，我们沿着山道而行，在怪石峭壁之上，幽壑清流之间，呼吸着漫山遍野略带苦涩味儿的青草的气息，我本想写写莲花山的松柏，可是，山风过处，一阵阵诱人的清香扑鼻而来，嗅着这沁人肺腑的迷人馨香，我放眼望去，只见一种攀附缠绕在松柏上的藤状灌木开满了花朵，那是一大片含蕊竞放的金银花，它们开得是那么地婀娜多姿而又典雅高贵，这种藤状灌木学名叫“忍冬”，又叫金银花、通灵草、鸳鸯藤。据说此花初放时洁白如银，两三天后变为金黄色，新旧相参，黄白衬映，故被称为“金银花”“鸳鸯花”。因此花入冬时虽老叶枯落，可是叶腋又簇新叶，凌冬不凋，故又名“忍冬”。

我望着那挺拔苍劲的青松翠柏之下美丽的如金似银的忍冬花，这番美景实在是令人陶醉，它们郎才女貌，就仿佛是一对才子佳人一般，松柏那挺拔伟岸的身躯，愈发衬得忍冬花是那么的娇柔妩媚。

拿什么比喻它们好呢？如果说松柏像贾宝玉的话，那么忍冬花便是从天上掉下来的林妹妹；如果忍冬花是崔莺莺，那么松柏就是那玉树临风的张君瑞吧。

百合

一段时间以来，懒于执笔，就连门前地上放着的几盆花也懒于打理，叶子全都蔫蔫的，一副无精打采的样子，院子里一片清寂。

母亲去世以来，我的心情一直不好，时时处在自责之中，总觉得是自己没有把母亲照顾好，致使她老人家过早地离开了我们，我深感罪孽深重，不可原谅。这样的心情我无从诉说，只能苦苦地自己承受着。

这种情绪长期困扰着我，直到有一天，我真的病了，且去看了中医，医生为我开了几副中药，让我安心静养。我看了下药方，其中主药就是百合，百合具有清火、安神的功效，治疗虚烦惊悸，失眠多梦，精神恍惚等症。我知道，它适合于我，医生没有开错药方。

在我的庭院里也曾经栽植过一株百合，它花色洁白，散发着淡淡的幽香，可惜只有一株，显得多少有点孤寂。我对它喜爱有加，它那副端庄淡雅的芳容确实十分可人，它植株挺立，叶似翠竹，姿态异常地优美，犹如一位清静的女子一般。

至今想来，百合的美，应是那清新脱俗的花瓣所散发出的清纯高雅的气息吧。百合，名称出自《神农本草经》，属多年生鳞茎植物，性喜温暖干燥、土层深厚的环境，其鳞茎由二三十瓣重叠累生，犹若百片合成，故名百合，中国是其最主要的起源地。

中医认为百合性微寒平，具有清火、润肺、安神的功效，其花、鳞状茎均可入药，是一种药食兼用的花卉。

几副中药喝过之后，病情确实好了许多。前段时间，一个朋友来玩，我们谈起在生活中应该如何地卸下，放松，接纳和尝试，不惧怕打击、

伤害，甘于吃瘪，适当示弱，以及坦然面对亲人的离去，面对可能无法把握的事情，顺势、勇敢、接受，以及接受自己的失败、后悔、哭泣和疼痛。认为这样来面对变幻的生活，可能比较合适。我们还谈了许多……

这样一来，我的思想开阔了，开阔了就柔和了，柔和了也就沉静了下来。

什么是沉静？当时是初秋彻底逼退盛夏的时节。我每天都起得比较早。晨光和夏天时分已经完全不同，太阳在青紫色的云后面半遮半掩；家里的摆设什么都没变，但景象和味道都变了，房间里四处都是漂浮的阴影，显得十分清透，这就是沉静的自然显像，有一种很深的内心沟通良好的气氛，带着一种深深的愉悦之感。

谨以一束百合花献给我的母亲。

黄芪

母亲病逝以来，我的身体一直不好，情绪十分地低沉，心情也很萧索，又无从述说，身体一下子消瘦了十多斤，谁见了我都问：怎么瘦了这么多？我只是苦笑。前段时间去看了医生，医生说我身体虚弱，要多注意休息，需要补一补身体，于是给我开了些以黄芪为主的补药，嘱我在家休养。

我知道，黄芪和人参均属补气良药，但人参偏重于大补元气，回阳救逆，常用于虚脱、休克等急症。而黄芪性味甘、微温，归脾、肺经，为补气要药，以补虚为主，常用于体衰日久、言语低弱、脉细无力等症。

吃了些药之后，感觉身体好了些。一个人在家养着，百无聊赖，想找个清静的地方去散散心，便来到野外的山坡上，这里到处都是盛开的各色小野花，有白色的，也有黄色的，还有紫色的，让我想起小的时候常在田间地头看见的那些很不起眼的花草，它们长着各色的花瓣，还有嫩黄的花蕊，各种小昆虫围着它们飞舞着，野草的清香味儿扑面而来，我听到了秋虫吱吱的叫声。久违了，这些小野花的味道和秋虫的声音。风吹过山坡，几只小鸟掠过树梢，远处放羊人的歌声轻轻地飘过我的肩头。

我静静地望着眼前的一切，用心地感受着，没有人语，没有喧哗，只有一种淡淡的寂寥的气息，就像秋叶一样，消沉、无助。这样的秋日让人感觉沉静而又悠远，这样的秋日也使我的心里产生一种空茫而又孤寂的感觉。这种孤寂无从说起，因为她源于我的内心，是内心深处生成的气息，就像那晚祷的钟声，悠远地传来，又像是寂寞的黄昏，让你细细地品味，有一种梦里依稀的意味，那其实是一种思念亲人的感觉。

“自古逢秋悲寂寥”，或许秋天就有这么一种寂寥的气息吧。我静静地走在旷野的路上，望着秋阳阑珊的远处，似乎有什么东西正在消失，或者，正在生长。我有些怅然若失，也有些伤感，何时我才能用一种超然的心态和沉静的眼神来凝视这绚烂的秋日？就像那放羊人的歌声，轻轻地漫过我的肩头……

每逢佳节倍思亲，也许是中秋将至，我更加地怀念我的至亲。

这种伤感的情绪始终缠绕着我，不能自拔，我试着拿出我的笔和我的纸，想把这忧伤的心思记录下来，可我的心里却是一片的迷茫，写着写着就跑了题，怎么也写不圆范了。

柿子树

已是深秋时节，午后的窗外，天色阴沉，秋风萧瑟，微雨飘零。似乎每一个深秋都会有一段这样凄风瑟雨的日子，处在这样的季节，心情很容易就被如此的景致所牵动，平添出许多的压抑与无奈、沉寂与落寞来。

伫立在窗前，不想让心绪被窗外的景色所淹没，极力控制着自己不去想这些。然而就在一刹那，倏然转头间，远远地，我望见了那棵孤零零的柿子树，虬龙般弯曲的树干在秋风中显得那么地苍劲，枝头上还悬挂着几颗红彤彤的柿子，在这阴暗的基调中，那火红的颜色顿时给我的心里平添了许多的欣慰和暖意。在这萧瑟的秋雨中，柿子树的叶子纷纷地飘落着，枝头上已经所剩无几，可就在那坚硬的枝桠上，

在那枯涩的树枝尖上，还孑然垂悬着五六颗通红的柿子，像一盏盏燃烧的红灯笼，实在是令人惊奇，它们独自兀立在枝头上，也着实地让人怜惜。

柿子树原本都是长在荒野山坡上的，只是因为大自然的雕琢使它们身姿优美，于是人们便看上了它，为了美化城市，也有人只是为了赚几个小钱，就把它们移下山来，不知是不好移栽，还是柿子树对原有土地的留恋，在移栽的过程中死了好多的树，想来十分地可惜。人们啊，难道我们眼前的美景就是建立在它们痛苦的死亡之上的吗？

望着眼前的这棵在秋风萧瑟中苍劲的柿子树，不由得不令我心生敬意了，它不但存活了下来，而且还生长得这么茂盛，可见它的生命力十分地顽强。我双手合十在胸前，祈求上苍：就让它永远地生长在那里吧，就让它守候着那份相依相恋的土地，就让它保留着那份带给人们的暖意吧。

我静静地长久地望着它，周围的一切也都是静静的，墙外有风吹拂树叶的声音，不远处有人说话的声音，更远的地方有汽车开过的声音，但这所有的声音都只会让人觉得此时更加地宁静，这是深秋的一种意境。

可是我的心却怎么也平静不下来，潮水一样的思绪由遥远的地方漫过来，漫过了我的心，又漫过了我的眼。

我对自己说：对于这样的树木，我们是应该心怀感恩的，因为生命不可以重来，包括这柿子树。

枣

最近看了《黄帝内经》，里面讲到食疗本草，发现原来还有那么多具有神奇功效的果实，而且竟然都是童年时老家所种的东西。比如柿子、樱桃、梨和杏，等等。惊愕之余，我也庆幸小时候的口福，可惜如今在快节奏的生活中哪里还有这么多的绿色食品，哪里还有那时的原汁原味啊？

回忆起童年的果实，还是那么的香甜诱人，那些果实的故事仍然让人留恋，其中，给我印象最深的就是姥娘家的枣。

姥娘家门前有棵大枣树，在我的印象里树上总是结满了大红枣，嘟噜八挂的。小时候，妈妈带我去姥娘家，姥娘常给我留着，我呢，还是像在家里一样的德性，不是爬到树上吃就是兜里满揣着吃。

秋冬季节，姥娘把收下来并已晒干的红枣装进葫芦里，葫芦是她们那一代人常用的工具箱，干燥利于存放。这样，当我去看她的时候，就会得到提示，迅速奔向挂在墙壁上的葫芦，打开顶盖，每次都会惊喜地张开嘴巴，然后就狼吞虎咽起来。

姥娘还很会用面来做各种食物，在蔬菜还未上季的时候，她会以枣为馅来蒸馒头，这样的馒头很受全家人的喜爱。闻着枣香馅的白面大馒头，我总是耐不住性子，先打开缺口将里面的红枣抢吃干净，香甜而软的红枣让我不住地吧嗒吧嗒嘴唇，剩下的馒头就基本都交给大人们来收场了。姥娘对我的宽容和慈爱，都体现在这一锅红枣馒头里面了。

很多年以后才知道，红枣味甘，性平，具有补益脾胃、养血安神等功效。适用于脾胃虚弱、倦怠乏力、食少便溏及血虚、面黄肌瘦、精神不安等症。枣还具有抗变态反应、抑制中枢神经、保肝、降低血清胆固醇、增加血清总蛋白和白蛋白，促进白细胞新陈代谢、抑制癌细胞增殖等作用。

枣还是“天然维生素丸”，经常食枣能提高人的免疫机能，起到防病抗衰与养颜益寿的作用。俗话说：一日吃三枣，一生不显老。

回首往事，重温那逝去的岁月，那些童年的小枣们，有关它们的记忆我是不会忘怀的，因为它们曾是滋润过我的摇篮。

冬虫夏草

冬去春来，在海拔 3800 米的雪山草甸上，冰雪消融。身体纤小的蝠蛾翩翩飞舞，在花叶上留下了千万个虫卵。慢慢地，蛾卵孵化成了一条幼虫，它钻进潮湿疏松的土壤里，吸收着植物根茎的营养。

可是没想到，一次偶遇改变了它的一生。高原上生长着一种虫草真菌，当真菌的孢子与蝠蛾幼虫相遇后，就钻进蝠蛾体内，吸收它的营养。小虫预感到不幸即将来临，它拼命挣扎，可是当它蠕动到距地表 2 ～ 3 厘米的地方时，终于倒下了。

小虫虽死，但是它体内的真菌却日渐生长着，直至充满了整个虫体。直到第二年的春末夏初，人们惊讶地发现，小虫的头部长出了一根紫红色的小草。人们惊叹于这对动植物的组合，将小虫的身体称为“冬虫”，把那紫红色的小草叫做“夏草”。

这就是冬虫夏草。成为冬虫夏草绝不是菌的美德，它是残忍的菌对弱小的虫的野蛮侵略，是虫与草的流血的“组合”，是从冬天就开始的弱肉强食，是菌将自己的幸福生活乃至未来，建立在别人的痛苦死亡之上的过程，也是虫的异化式死亡。我想，这种异化的过程不但是慢慢的，更是悄悄的过程，是血在流淌的过程。

冬虫夏草长期以来被蒙上了一层“神药”的面纱。《本草备要》称它：“甘平保肺，益肾止血，化痰，已劳嗽”，功与人参同，能治诸虚百损等。数百年来，它被视为与天然人参、鹿茸相媲美的名贵滋补药材，享有极高的声誉。

可是，又有谁能想象得出，那个小虫的死亡过程是多么地痛苦，多么地悲凉？那是一种无望的挣扎，是任何善良的人都不忍心见到的，就如同一位慈爱的母亲眼睁睁地看着自己的爱子死去却无能为力一样的让人痛心。

冬虫夏草就是那只“披着虫皮的狼”。

木槿

有女同车，颜如舜华。

有女同行，颜如舜英。

这是《诗经 · 郑风》中的诗句，诗中的舜华、舜英，系指木槿花，比喻女子的美貌，从古人的这个比喻中可见木槿花之美丽。

木槿花确实美丽异常，她艳丽多姿，有白、粉红、紫红等颜色，分为单瓣或重瓣，开花期间满树的花朵临风招展，妍雅宜人，烂漫如锦，甚为壮观！花朵被绿叶托着，纷披陆离，迎霞沐日，娇艳夺目，其中白色者尤为人们所偏爱。元代舒頔的《白木槿》就称赞道："素质不自媚，开花向秋前。淡然超群芳，不与春争艳。"诗中极力赞颂白色木槿花素质高雅，风标秀逸，俏不争春，淡然超群的风姿。正所谓：“漫道春来李能白，秋风一种玉无瑕。”

木槿不仅花开秀美，而且还是一味上好的中药材，它味甘性凉，主治清热凉血，解毒消肿；用于痢疾，腹泻等症。同时还可以食用，吃木槿花早在《诗经》中就有记载，食之可清热利湿凉血，排毒养颜。人们用木槿花和稀面拌葱花，下锅油煎、松脆可口，俗称“面花”“花煎”，味道十分地鲜美可口。

因木槿朝开暮落，花期极短暂，故有人用此形容人心易变。孟郊就在《孟东野集 · 审交》诗中曰：“小人槿花心，朝在夕不存。”李时珍《本草纲目》也说：“此花朝开暮落，故名。日及，曰槿、曰蕣，仅荣华一瞬之义也。”

虽然木槿花期短暂，但是每天都有大量的花儿竞相开放，“谁道槿花生促短，可怜相许半年红”。木槿花的每一次凋谢不都是为了下一次更为绚烂地开放吗？就像太阳不断地落下又升起，就像春去秋来四季的轮转，却是生生不息。更像是爱一个人，也会有低潮，也会有纷扰，但是懂得爱的人仍会温柔地坚持着，因为他们明白，起起伏伏总是难免的，没有什么会令他们动摇自己当初的选择，相爱的心是永恒不变的。

正如美丽的事物大都是极短暂的一样，一刹那间的美丽才是最勾人心魄的，也是最让人难以忘怀的，就如这娇艳的木槿花。

桑椹

在四月初的时候，桑树的叶子已经长出来了，小小的绿芽泛着鲜嫩的光芒；桑园的东边是一间放置料草的茅屋，在茅屋的一侧，一只母牛和一只小牛正在静静地吃着草；另一侧，停放着一辆载满干树枝的牛车，几只鸡在空地上悠闲地散着步。这是我童年印象里的乡村景色。

到了五六月份，在桑树浓密的叶子下面，桑葚悄悄地成熟了，一串一串的紫黑色的桑椹子挂在枝丫间，酸甜酸甜的。孩子们悄悄地钻进桑园，躲在叶子下面，吃得满嘴满手都是黑紫色的桑椹汁。大人们将桑椹摘下来，挎着篮子到集上去卖了，好换几个零花钱。因为这个缘故，我一直也没有把桑椹当做什么值钱的好东西。直到几年前，读到几本古书方才知道，早在两千多年前，桑椹已是中国古代皇帝御用的补品了。

据《本草经蔬》载：桑椹者，桑之精华所结也。清代名医王士雄在《居饮食谱》一书中提到：桑椹子可滋肝肾、充血液、祛风湿、健步履、息虚风、清虚大。中医认为桑椹味甘酸，性微寒，入心、肝、肾经，为滋补强壮、养心益智佳果；具有补血滋阴，生津止渴，润肠燥等功效，主治阴血不足而致的头晕目眩，耳鸣心悸，烦躁失眠，腰膝酸软，须发早白，消渴口干，大便干结等症。

因桑树特殊的生长环境使桑果具有天然生长，无任何污染的特点，所以桑椹又被称为“民间圣果”。现代研究证实，桑椹果实中含有丰富的活性蛋白、维生素、氨基酸、胡萝卜素、矿物质等成分，营养是苹果的5～6倍，是葡萄的4倍，具有多种功效，被医学界誉为“二十一世纪的最佳保健果品”。常吃桑椹能显著提高人体免疫力，具有延缓衰老，美容养颜的功效。

我们都知道桑叶是用来养蚕的，所以，桑树和蚕有着特殊的关系。至于桑树名称的由来，古籍《搜神记》中记载了这样一个故事：

远古的时候，有一个人出了远门，好长时间没有回家，他家中有一个女儿和一匹马，女儿思念父亲，天天盼着父亲快些回来，有一天她就对着马半开玩笑地说，‘如果你能把我的父亲找回来，我就嫁给你。’没想到那马听后，转身就跑了，它跑啊、跑啊，途中经历了许多的危险，终于找到了她的父亲。她父亲一看自己家的马怎么跑到这儿来了？担心家里出了什么变故，便赶紧骑上马赶回了家里，回到家一看没事，这才放心了下来，可是那匹马见到她女儿，总是鸣叫不止，作父亲的感到奇怪，就问女儿，女儿没办法，就把事情的原委全都告诉了父亲。父亲听后，沉思良久，认为此马不可留，遂将马杀死，并把它的皮晒在庭院里，女儿来到马皮旁边，踢着马皮说："你是马，却想要人作你的妻子，结果招致被杀，被剥皮，你还要怎样？"她话没有说完，那马皮一下子飞了起来，裹住女儿就飞上了天空。她父亲就追呀追，一直追到一棵大树上，可是他们已经一个变成了蚕，一个变成了茧，挂在树上。因此后人称蚕叫'女儿'，把这种树叫做'桑'，也就是'丧'的意思。

"桑树"一词就是这么来的，这是从远古流传下来的一种说法。

无花果

无花果是《圣经》中最早提到的植物。当亚当和夏娃在伊甸园里偷吃了“智慧树”上的果子，二人的眼睛便明亮了，才知道自己是赤身裸体，便拿无花果树的叶子为自己遮羞，无花果树叶便是人类最早的“遮羞布”。在基督教传统中，无花果是和人类的原罪、羞耻感、失乐园联系在一起的，是人类智慧与觉醒的一个象征，也是人类颠沛流离命运的一种预兆。

在古希腊，无花果是祭祀果品，是渗透了地中海阳光的“圣果”。它出现在希腊瓶画上，供奉在星象师的占卜台上，点缀在酒神的花篮里。它和葡萄、常春藤一样，是酒神的配饰和标志。

无花果原产于阳光充足的西亚和地中海沿岸，埃及、土耳其、伊

朗等国均有种植。无花果具有很高的食用价值，它清香浓郁，果肉无核，软糯蜜甜，且甘而不腻，是有名的食用果类。大约在公元八世纪前后，无花果通过丝绸之路由波斯传入中国。

无花果为桑科植物，又名寿果、天仙果、蜜果、古渡子，维吾尔语称“安居尔”。维吾尔族视无花果为“圣果”，又称之为树上的“包子”。因为它具健脾益胃，润肺止咳，解毒消肿之功，为药食同源之品。早在李时珍《本草纲目》中就有记载：无花果味甘、性平、无毒，有“健胃消食、润肠通便、益肺、通乳和降压”等作用。作为果中珍品和天然的植物药物，无花果具有强身健体、延年益寿和防癌抗癌等多方面的功效，受到人们的关注由来已久。

除了果实外，无花果的叶、根也可入药用。元代名医朱震亨曾记载：将无花果叶煎成汤，频频熏洗，可治疗痔疮疼痛。无花果叶煎水局部熏洗，可治疗疮疡肿毒。《湖南药物志》记载，用无花果根（果亦可）炖精猪肉或与鸡蛋同煮，食肉或鸡蛋，可以治疗风湿筋骨疼痛麻木。将无花果根去粗皮，打碎，开水泡服，还可治疗咽喉干痒等症。

记得儿子小的时候经常拉肚子，妻子打听到吃无花果和用无花果的叶子煎服能治此病，便弄了一些给儿子服用，效果果然很好，为防止儿子的病再次复发，便弄了一棵小树苗种在娘家的小院里，现在，这棵小树苗早已长成了一棵参天大树，将整个院子都遮得严严实实，成了夏日纳凉的好去处了。

茶花

那一年我去昆明，见到了各种名贵的茶花，有红色的、黄色的、粉色的、淡紫色的、还有白色的等等，这才知道茶花的品种之多。但私下里我还是以为白色的是最素净、最无瑕的，也是我最喜欢的。相对于牡丹来说，茶花是温润的，安静的，有点羞涩感，所以我喜欢，正如我也喜欢有点羞涩、安稳、朴素的人一样。回来后，一直想写写茶花，但始终不知如何下笔，真怕写不好辜负了这么美好的花。

初冬时节，天气逐渐地凉了下来，在连阴了几天之后，一场细雨便不期而至了。打着雨伞出去，空气中的水分含量让皮肤有一种很舒服的感觉，踩着被雨水打落一地的枯黄来到河畔公园，河面及路上的积水泛起大大小小的水泡，公园里的小草在初冬的寒雨中顽强地伸展着细长的叶子，叶子被雨水冲刷得呈现出一种难得的鲜亮，周围很是安静，离开了人群的喧闹，平日里穿梭于车流人海中久了，像这样偶尔在雨中漫步，竟然有种惬意的感觉，些许的感动也涌上心头，此情此景，是何等的熟悉，何等的亲切。

儿时的记忆中，要么常常和伙伴们嬉戏于雨中，要么跟在父母的后面行走于田间陌路。而如今，在繁华与繁忙之中，已渐渐远离了和自然的这种亲近感。

就这样边走边想着，拐过弯曲的林荫小道，在河畔的花坛里，不经意间看到了几棵正在盛开着的茶花树。在微微的细雨中，红红的茶花在绿叶中显得格外地鲜亮，走近了细细地观看，只见细雨飘落在花瓣上，渐渐积聚成圆润的水滴，像一颗颗晶莹的小宝石，茶花戴上了

这宝石的发夹，愈加显得婀娜动人，别具一番风情，我轻轻地嗅一嗅，一股清香扑面而来，这是一种淡淡的润润的味道，既含蓄又娴静，既润泽又温暖，真是一种美妙的感觉，就象是小女儿在亲吻爸爸的脸。

茶花形姿优美，叶浓绿而有光泽，花形艳丽而缤纷，犹如一位浪漫而又优雅的女子，受到了世人的喜爱。宋代大诗人陆游曾经写道：

东园三日雨兼风，桃李飘零扫地空。
惟有山茶偏耐久，绿丛又放数枝红。

大文学家苏轼也歌咏过她那艳丽动人的丰姿：

山茶相对阿谁栽，细雨无人我独来。
说似与君君不会，灿红如火雪中开。

真的是细雨无人我独来呀，在这样的时刻，这样的细雨中，遇到这样的花，是会让人有点失神的，就像是在偶然间遇到了自己心爱的人一样，心里是满满的喜欢，眼里却是有点慌乱的，一时竟不知道说些什么好了。

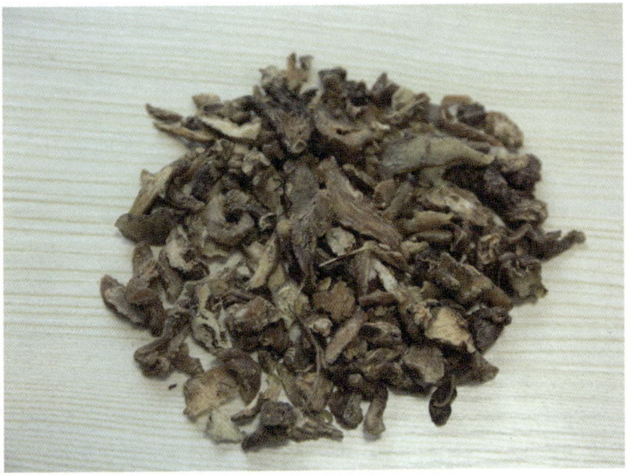

黄精

黄昏，坐在老家的小院子里一边喝着清茶，一边与老人们闲聊着。这样的日子是静谧的，也是舒缓的，老人们有一搭无一搭地谈着些陈年往事，在淡淡的茶香中院子里的各种花草盛开着，很多我都叫不上名来，颜色有浅白的，微紫的，绛红的——我喜欢这种宁静的黄昏。渐渐地，话题转向了眼前的花草，又从花草转向了中草药，二大爷是长辈中最有学问的人，他清了清嗓子，给大家讲了个发生在我们泰安的小故事。

相传在明朝的时候，在泰安的岱庙南门附近住着一对中年夫妇，以开小杂货铺为生，日子过得倒也不错。他们生了一个女孩，被视若掌上明珠，便起名为：宝珠。

在宝珠十八岁那年，她父母双双染上了瘟疫，宝珠变卖了所有家产给父母治病。父母的病慢慢地好起来，可欠下的债务却无法偿还，宝珠只好到城西地主家做婢女。地主见宝珠模样俊俏，硬要娶她为小，可宝珠宁死不从，便偷偷跑回家中。地主前来抓人，家人只好把宝珠送进泰山老林里，从此，宝珠过起了近似野人的生活。在山里，宝珠常吃一种像萝卜样的东西，不久，她就觉得走起路来身轻似燕，跳涧越沟如履平川。

一天，有人进山打柴，在扇子崖附近见到一个披头散发的“女妖”，吓得没命地跑回家，消息传开后，再也没人敢进山砍柴了。后来泰安知县派衙役捉住了“女妖”。原来这正是两年前逃进山里的宝珠。大医学家李时珍得知此事后，专程赶来泰安，探访了宝珠，见到她吃的东西，原来就是中药黄精，李时珍就将黄精和这个故事一起写进了他那本著名的《本草纲目》之中。

听了这个故事，我不由得对二大爷肃然起敬，于是，便记住了黄精，也对黄精这味中药产生了浓厚的兴趣。

黄精，又名老虎姜、鸡头参，生于山地林下、灌木丛或山坡的半阴处，为百合科植物黄精的干燥根茎。根据原植物和药材性状的差异，黄精可分为姜形黄精、鸡头黄精和大黄精三种。黄精自古以来就被视为延缓衰老、延年益寿的珍贵中药，为服食保健之要药。它味甘，性平。能滋肾润肺，补脾益气。用于阴虚肺燥，干咳痰少，消渴多饮，脾胃虚弱，脾气虚或脾阴不足，肾虚精亏，腰膝酸软，须发早白等症。

李时珍在《本草纲目 · 草一 · 黄精》中说："黄芝、戊己芝、菟竹……黄精为服食要药，故《别录》列于草部之首，仙家以为芝草之类，以其得坤土之精粹，故谓之黄精。"《食疗本草》中也有记载："黄精，凡生时有一硕，熟有三四斗，蒸之若生，勋刺人咽喉。暴使干，不尔朽坏。根叶花实皆可食之。"

落日渐渐地贴近了西边的山头，喧嚣了一天的鸦雀们也都飞回到自己的巢穴里，藏在花草间的蛐蛐开始鸣叫起来，一阵风吹来，晚风有些微凉，有花瓣飘落，恍恍惚惚的。

比起人们想知道宝珠究竟是吃了什么好东西使她能身轻如燕，我更加关心的是这个弱小的女子的命运和她那凄凉的身世。

世间万事纷杂，很多都是这样的令人伤感和忧郁。能够在一个清凉的黄昏，坐在小院里静观花草，闲听老人们闲聊，也是多么奢侈的事呀！

凌霄花

一种植物，当你还没有见过，只听到她的名字就有一股诱人的气息透出来，让你觉得肯定会喜欢，这是很惬意的事情，凌霄花就是这样，在还没有见过她之前，我就知道，她会是我喜欢的那种花。

那一年的夏天，我来到连云港，第一次见到了凌霄花。不知怎的，第一次见到她就觉得是那么地熟悉，好像早就见过她似的。

那是在一条小溪旁，溪水清浅地流淌着，岸边的山石上就覆盖着翠绿浓郁的凌霄花，她那碧绿的叶子瀑布似的从山石上垂悬下来，火红的凌霄花参杂在绿叶之间，好似激流中的浪花一般。我着迷地看着，刹那间，凌霄花的气息那么浓烈地向我扑来，我微微地战栗了一下，感觉她就像个小姑娘正光着小脚丫站在溪水里，手提着裙裾，在轻盈甜蜜地冲我微笑着。在这样的时刻，有一种轻微的恍惚，我陶醉在其中，那一刻，我也嗅到了阳光、青草和溪流的气息，一切都是那么地美好。

凌霄，在中国的词语中是指：志向高远。植物中的凌霄为落叶藤本，可长达 10 余米，性喜阳光、温暖、湿润的环境。医学家李时珍称其为：高数丈，故曰凌霄。他在《本草纲目》中有着详细的描述："凌霄野生，蔓才数尺，得木而上，即高数丈，年久者藤大如杯，初春生枝，一枝数叶，尖长有齿，深青色。自夏至秋开花，一枝十余朵，大如牵牛花。"除了观赏价值外，凌霄花还是一种传统的中药材，它甘、酸，寒；具有行血去瘀、凉血祛风之功效。

凌霄花的适应性也很强，它不择土，枝丫间生有气生根，以此攀缘于山石、墙面或树干，向上生长，多植于墙根、树旁、竹篱边。每年农历的五月至秋末，绿叶满墙（架），花枝伸展，桔红色的喇叭花缀满枝头。微风吹来，迎风飘舞，犹如慈母在召唤着我们。

凌霄花，有人说她热情，总是喜欢开得那么耀眼，当秋风吹来，她在寒风的吹拂下轻轻地摇曳着，涌起朵朵桔红色的浪花时，又有多少人懂得，在这一簇簇的生命中所包含的寓意：那是母亲在向我们微笑。

玉兰

自从搬到这个小区里来，我就喜欢上了花坛里的那几株玉兰树，也许是搬来时正值春天，玉兰花盛开的缘故吧。在一片绿意盎然中，纯净素雅的玉兰花在春风中迎风摇曳着，是那么地洁白无瑕又沉静清艳，那芳郁的花香给人一种难以言喻的气质，让人有些怀旧，就如同旧时穿旗袍的女子一般，既清新可人，又令人怜爱。

我一直以为，旗袍是最能体现东方女子的神韵的。一袭旗袍在身，山水韵律便体现得淋漓尽致，整个人都妩媚典雅，一举一动都婉约起来，那东方女性的玲珑之美，含蓄之美都被体现了出来，让人心醉神迷，就像这芬芳的玉兰花。

正如再美丽的容颜也有老去的一天，那美轮美奂的旗袍终究还是

淡出了历史，让好怀旧的我们惋惜不已。

心情有时真的是无言的，暮春时节，洁白如玉的玉兰花也被风纷纷地吹落，落在地上的花瓣儿在风中翻卷着，那香甜的气息分明还在，看着花瓣飘落，我的脚下意识地躲开，不忍去踩那滚落在地的洁白的花瓣。

我就这么安静地看着，呆坐着胡思乱想，人生有时就像这飘落的玉兰花瓣，在飞舞中寻找着属于自己的另一种生活，生命的意义也就在这一瞬间表现得淋漓尽致。花如此，人亦如此，抹去那万千的浮华，让我们回归到自己的内心，用静谧而饱含诗意的心去发现那被深深隐藏的情愫。爱尔兰诗人叶芝曾这样向他的心上人表述衷肠：

多少人爱你青春靓丽的容颜，
爱慕你的美丽，假意或真心。
只有我爱你那圣洁的灵魂，
爱你衰老的脸上布满的皱纹。

这是叶芝在倾述着他那刻骨铭心的爱，读之令人动容。时间会轻轻地扫去我们脸上的红颜，但同时也让我们拥有了优雅的气质和生活的阅历，我们不惧怕岁月留在脸上的刻痕，虽然红颜易老，青春不再，但岁月不是美丽的敌人，岁月让美丽从单纯走向深邃。只要我们还热

爱生活，有着人格的魅力，这就是最动人的脸庞。

落花自有落花的景色，只要用心去体会，就会有别样的感受在内心里涌动。倾听着花落的声音，感到这花瓣就好似玉兰的精灵一般。这是开在内心里的花朵，虽然花季已逝，但却在我的心里留住了花香，有了这花香，生活还会依然芬芳，依然温馨。

所以，不必为花瓣的萎落而伤感，只要花香已浸润了生活，岁月依然会美丽。

艾蒿

在《诗经 · 王风 · 采葛》篇中有这样一句话：“彼采萧兮，一日不见，如三秋兮！”说的是一对相爱的人，一日未曾见面，就好象分离了三个秋天一样的漫长。这是一种既翘首盼望又辗转难眠的情感，我们可以想象得到这对恋人相见时那说不完的情话和那一双幸福而又委屈的泪眼。这就是“一日不见，如隔三秋”这句成语的来历了。而他们所采的“萧”指的就是在北方大地上遍地生长着的艾蒿。在这里，艾蒿着实充当了一回相思草的角色。

在我们北方的乡下，艾蒿又被叫做蒿或蒿蒿草，初春时节，艾蒿那浅绿色的芽悄悄地从土里拱出来，带着一股轻微的香味，十分地娇嫩，这时的它在我们家乡叫做茵陈，是可以吃的，我们将它挖出来炒鸡蛋或串丸子吃，据说能预防肝炎。中医学上也说其叶可以入药，具有和营血、祛寒湿的功能；有平喘、镇咳、去痰及消炎的作用。到了农历的三月份，茵陈就老了，不能吃了，这时我们才把它叫做蒿。因此在我们家乡流传着这样一句熟话，叫做：二月的茵陈三月的蒿。说的就是这个道理。

到了秋天，乡亲们会将艾蒿割下来晒干再把它拧成草绳，在蚊虫多的时候将它点着，那股淡淡的清香味既能驱虫止痒又可辟邪。记得小时侯，每当身上被蚊虫叮咬了，奶奶便会用艾蒿熬成水，擦到叮咬处，不一会儿功夫，疼痛便会全部消失了。

民谚说："清明插柳，端午插艾。"按照传统，在端午节这天，人们把插艾作为重要的内容之一。那时，每逢端午节，家家户户的门楣上都要插上艾蒿，还要洒扫庭院，据说这样能避邪驱瘟，保佑人们平安健康。老人们说，端午这天的艾蒿要赶在太阳出来前采回来才好，于是，天还没亮，我们小孩子家便会踏着露水去林子里、草坡上去采艾蒿，回来后，用艾叶泡水洗脸，把整棵的艾蒿插在门上，有的人家还愿意加上一根桃枝，微风吹来，空气里到处都飘浮着艾蒿那清香的味道，好闻极了。

这都是很久以前的陈年往事了，这些回忆里的乡间旧事，现在想起来心里还是觉得十分地温暖。自古至今，先人们在这朴拙清雅的艾蒿身上不知寄托了多少美好的愿望和对爱情的祈盼。

半夏

那时候在乡下，在夏季的田野里，最喜欢找一个树荫凉躺下来看看书，并没有什么目的，就是喜欢，喜欢那份宁静，喜欢看着云朵在天空中慢慢地移动，就那么久久地望着，任凭时间的流逝，感受着由此而带来的那种莫名的伤感。忘了是哪一年，我看到了一本老版的《本草纲目》，中间有很好看的插图，书的四个角都卷了毛，也记不清是借谁的了，那时还看不懂，那是个夏秋之季，半个夏天刚刚过去，我看到了一味叫做“半夏”的中药，一味和那时的节气相关的中药，这自然引起了我的兴趣，也就一直没有忘掉。

依稀记得李时珍在《本草纲目》中说到半夏：唯洗去皮垢，以汤泡浸多日，并每日换汤，再晾干切片，用姜片拌焙入药。它的功效主要是降逆止呕、化痰蠲饮、消痞散结、健脾益胃、通络止痛，等等。

后来查阅资料方知，半夏最早见于《神农本草经》，在中药史上，善用半夏者当推医圣张仲景。在他所著的《伤寒论》《金匮要略》两书方剂中，运用半夏的方子就有47首，以半夏为君或命名者有21首之多。

半夏自古以来就被认为生品有毒，能“戟人咽”“令人吐”。相传宋朝时，有位判官回到楚州老家时得了喉痈，白天吃不下饭，晚上痛得睡不着觉，异常痛苦，请了许多医生，吃了许多中药都没有效果。恰好这时名满朝野的太医杨吉老来楚州办事，判官的两个儿子听说后，赶快把他请了过来。杨吉老仔细诊察了很久后才对他的儿子说道：“你父亲的病非常蹊跷，必须先吃一斤生姜片，才可以用药，否则便无法可治！”

判官的两个儿子听后，感到很为难，说：“喉咙已经溃烂、疼痛不止，怎么能吃生姜呢？”但也没有别的方法了，只好试一试。结果判官吃了生姜后并没有什么异样，也没感到什么辣味儿。在他吃够半斤生姜的时候，疼痛、肿胀就有所减轻，等到吃够一斤生姜的时候，脓血就完全消失了。这时他觉得生姜也有辣味儿了，吃饭、喝汤已经无碍，喉痈也好了。

第二天，判官亲自去拜谢杨吉老，感谢他的救命之恩，并奇怪他是如何将自己的病治好的。杨吉老说：“你在南方做官，很爱吃鹧鸪，鹧鸪爱吃生半夏，而生半夏有较小的毒性，你吃鹧鸪吃得多了、久了就容易引起生半夏中毒。生姜能解生半夏的毒性，所以仅用生姜就把你的病根儿除了，也不用再服其他的中药了。”

至于“半夏”这一名称的来历有许多的传说，其中一个传说是这样的：

很久以前，赣南有个姓胡的樵夫，一日返回家中，饥饿难忍，捧起饭碗就吃起来，不想一碗饭尚未吃完，突然口吐白沫死了。邻居闻讯赶来，对于樵夫的死因，议论纷纷。地保怀疑其妻胡氏有奸情投毒害死樵夫，众人觉得有理，遂将胡氏扭送县衙。

知县见胡氏长得漂亮，心想：“这女人有这般姿色，自然不甘作樵夫之妻，必是通奸杀夫无疑！”于是一拍惊堂木，喝令招供，胡氏大喊冤枉。知县大怒，吩咐用刑。胡氏被屈打成招，押入死囚牢中。案子呈到府里，知府觉得疑点甚多，决定重审此案。

经过仔细审问，原来胡氏家境贫寒，那日下饭的菜是13岁的女儿挖来的“野小蒜”。于是王知府要小孩又重挖来一篮，却发现是一种比野小蒜叶子稍宽、根茎略大的野草。知府叫胡氏烹调后，让一个犯了死罪的囚徒吃下。那犯人很快就口吐白沫，满地乱滚死掉了。

至此，案情真相大白，胡氏无罪释放。为了让人们记住这一惨痛教训，知府根据这种野草的生长季节，将它取名为“半夏”。后来人们发现它加入生姜炮制后，倒是一味功效显著的中药。

枸杞子

在北方晴朗的天空下，秋风凌厉地吹过，枸杞子就像一个个美丽的红珍珠，在高高的枝丫上随风飘舞着，如同强悍的蒙古武士那硬朗的舞蹈。它生长在贫瘠的土地上、沟渠旁、地堰边，在每一个不经意的地方，你都会无意中看见，在坚硬的枝条上盛开的那细小的紫红色花朵，是多么的精致，内敛。当枸杞子成熟的时候，叶子就脱落得只剩下稀疏的几片，灰头土脸地躲在枝杈之间不惹眼的地方，而把抛头露脸的机会让给那鲜红透亮的果子。

此时的枸杞子明亮得就好似晚风中燃烧在枝头上的红灯笼一般。

在李时珍的《本草纲目》里对枸杞子是这样介绍的："主治五脏内的邪气，久服坚筋骨，滋阴，补精气诸种不足……使人肌肤润泽，精力旺盛，耳聪目明，安神轻身，不易衰老。”

关于枸杞子还有一个这样的神话传说：有一书生体弱多病，到终南山寻仙求道，在山中转了好几天，也没有见到神仙踪影。正烦恼间，忽见一年轻女子正在痛骂责打一年迈妇人，便赶忙上前劝阻，并指责那年轻女子违背尊老之道。那女子听了，呵呵笑道：“你当她是我什么人？她是我的小儿媳妇。”书生不信，转问那老妇，老妇答道：“千真万确，她是我的婆婆，今年80多岁了，我是她小儿媳妇，今年快六十了。”书生看来看去，怎么也不像，遂追问缘由。那婆婆说：“我是一年四季以枸杞为生，春吃苗、夏吃花、秋吃果、冬吃根，越活越健旺，头发也黑了，脸也光润了，看上去如四、五十岁。我那大儿媳妇照我说的常常吃枸杞，只有这个小儿媳妇好吃懒做，不光不吃枸杞，连素

菜也不大吃，成天鸡鸭鱼肉，吃出这一身毛病。”书生听了这番言语，回到家里，多买枸杞服食，天长日久，百病消除，活到八十多岁。这虽然只是一个神话传说，但枸杞子的功效却是古今公认的。

枸杞子，又名天精、地仙。因其有抗衰延龄的作用，因而历代医家又称其为“却老”。古人一直将其作为滋补益寿的良药。

据说唐代润州有个开元寺，寺里有一口井，井旁长有很多枸杞，高的有一二丈，其根盘结粗壮，寺里人饮此井水，人人面色红润，至八十而头不白、齿不掉。唐代著名诗人刘禹锡曾为此做《枸杞井》一诗：

> 僧房药树依寒井，井有清泉药有灵。
> 翠黛叶生笼石甃，殷红子熟照铜瓶。
> 枝繁本是仙人杖，根老能成瑞犬形。
> 上品功能甘露味，还知一勺可延龄。

枸杞子带给我的记忆，是少年时代的贫穷与质朴，是与一群小伙伴挎着篮子上山采野果子的欢乐。那时只是隐隐约约地听说它是一种药，可是，在我们幼小的心里面，谁也没有把它当成药看待，它也没有享受到作为药的荣耀，只是被我们当作野果子，在不经意之间伸手从路边揪下一颗枸杞子捋进嘴里时，一般会说，啊呀，邪烈死啦！一边享受着那甜中带点儿邪烈味的感觉，如此而已。

随着现代社会的发展，人们变得情欲横流，有人发现了枸杞的壮阳与抗衰老的作用，于是在商店里枸杞们被贴上枸杞酒一类的标签风行一时。本来是一味普通的中草药，骤然间变成了贪图享乐的人们掩耳盗铃的救命稻草，这是不是现代社会男人们的极度虚弱呢？小小的枸杞能承载得起那些贪得无厌的人的欲望和寄托吗？

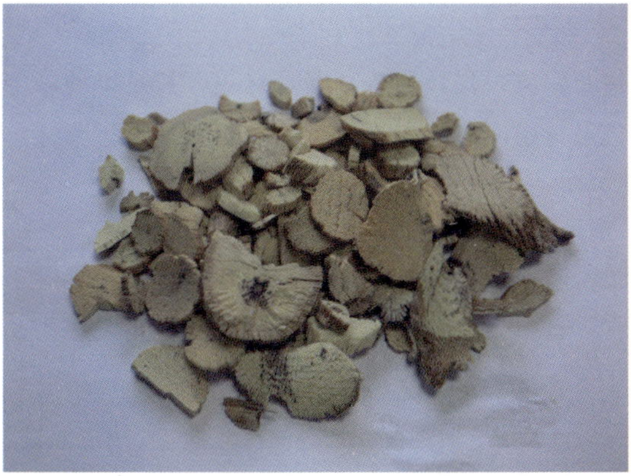

木通

记得以前写字时，经常把木通写成不通，总以为不通就是木通，后来才知道，其实是我自己没有搞通，所以写错字，是我不通才对。

木通是一种植物，为落叶木质缠绕灌本植物，全国大部分地区都有生长，分为白木通和关木通，由于白木通的毒性，它早已退出了市场，现在已难以找到。目前在我国，大部分地区人们使用的中药木通主要是指关木通，它性味苦、凉，有利水、清热、通乳、利尿等作用；主治小便赤涩、淋浊、水肿、胸中烦热、喉痹咽痛、遍身拘痛等症。

夏天的时候，在阴凉的灌木丛中，紫红色的木通花盛开了。不知怎的，她带给我的是些许的感伤，也许是我有一种与生俱来的伤感情绪吧，那淡淡的紫色，就仿佛是记忆里抹不去的忧伤，风吹过处，思绪犹昨，宛如梦里的一片意韵……

总以为她不是为我而绽放，我只是碰巧路过这里，我是她的一个看客，她也只是我的一个过客而已。这是一种无缘的美好，有了这样的感觉那就不用再奢求什么了。

人生或许就是这样，你会看到无数的花开，而最终回忆的也许就只有那几片花瓣。所以，只要当时看到过美丽，就无须强求，无须刻意留恋，顺其自然就好。

石榴

每当想起那红彤彤、亮晶晶的石榴子嘴里就会泛酸，比曹操的“望梅止渴”管用多了。石榴是典型的西来的植物，它与葡萄、无花果一起被誉为“丝绸之路上的三大名果”。这要归功于张骞出使西域，是他带回了石榴的种子，同时带回的还有葡萄、无花果、核桃、西瓜等十多种植物。《博物志》云：“汉张骞出使西域，得涂林安石国榴种以归”，故名安石榴，也就是“安国和石国的榴”，或“安石国的榴”，后来就简称石榴了。安国和石国均为中亚小国，位于现在的乌兹别克斯坦境内。

石榴的原产地是古代波斯，后来，航海的腓尼基人将它传播到地中海地区，波斯人称石榴树是“太阳的圣树”，认为它是多子丰饶的象征。李时珍说："榴者，瘤也，丹实垂垂如赘榴也。"

唐代有一首无名氏的《燕京五月歌》赞美石榴：

石榴花发街欲焚，蟠枝屈朵皆崩云。
千户万户买不尽，剩将儿女染红裙。

这也就是"石榴裙"和"拜倒在石榴裙下"的由来了。

维吾尔人管石榴叫"阿娜尔"。许多姑娘就起名叫"阿娜尔罕"（石榴姑娘）或"阿娜尔古丽"（石榴花），读起来能带给人一种音乐和色彩的美感。试想，当这美丽的花朵和果实被人名所借用，就足以说明它在这个民族的日常生活中的重要性了，也足以证明人们对这种植物是多么的喜欢了。

现代医学证明，石榴具有滋补心脏，降低血压，预防心脏病的功效。常饮石榴汁可治疗因贫血引起的头晕、失眠、健忘等症。

正如《古兰经》上所说："吃一吃石榴吧，它可以使身体涤除嫉妒和憎恨。"

怀牛膝

由于我的学识浅显，以前并不知道什么“四大怀药”，也从没有听说过，直到2009年的9月，我与朋友一起去河南焦作的云台山旅游，才见识了这神奇的“四大怀药”：铁棍山药、怀牛膝、地黄和菊花。这四大中药因产在古怀庆府（今河南省焦作市境内）最为珍贵，故被称为“四大怀药”。

据介绍，作为四大怀药之一的怀牛膝具有良好的降压作用，适宜三高（高血脂、高血压、高胆固醇）人群，能改善肝功能（各类肝炎、脂肪肝、肝硬化患者），因我患有血压高、脂肪肝等症，这就引起了我的兴趣，决定对怀牛膝一探究竟。

李时珍在《本草纲目》中说：“牛膝处处有之，谓之土牛膝，不堪服，惟北土及川中人家载莳者为良。”其中的“北土”即为原怀庆府所辖区域。宋《图经本草》也载：“牛膝生河内山谷，今江淮、闽粤、关中亦有之，然不及怀州者为真。”怀牛膝药效高，“补肝肾、强筋骨”作用较强。李时珍说它，“滋补之功，如牛之力”。

关于怀牛膝的来历还有一个传说：在河南省焦作市神农山的深山老林里，有一条山川名叫牛膝山，那里生长着许多野牛膝，传说这就是怀牛膝的原种，相传很久以前，这里有一个村庄叫怀庄，庄里有一个穷人家的孩子叫怀牛牛，为了给母亲治腰痛病，被迫去给地主当长工，受尽了折磨，神农山上的神仙看到怀牛牛所受的苦后，便给了他一种神药帮助他治好了母亲的病，谁知这事被地主知道了，地主就逼迫他上山采此神药，他历尽千辛万苦，终于走到一条大川里采到了神药，但万万没想到的是地主以为这是神药，就把药给了怀孕的儿媳妇服用，没想到服下药没多久，儿媳妇腹中的胎儿竟然流产了，他不知道同样的药用在不同的人身上结果是不一样的。

怀牛膝是以其根入药。因其根呈圆柱形，节部膨大，状似牛的膝盖，故称牛膝。相传从前有位行医卖药之人，死前将一秘方传给他的得意门生说：“这种药草是个宝，用它制成药，能强筋骨，补肝肾，药到病除。”徒弟接过一看，这药草上长叶的部位膨大，其形状像牛的膝头，为了好记，就叫它牛膝。

可见古人对中药的命名上具有很强的实用性，试想，以形态特征命名不是更便于人们去识别吗？

曼陀罗花

据《法华经》记载，曼陀罗花是天界的仙花，在释迦牟尼佛说法时，芬芳美丽的曼陀罗花自天而降，花落如雨，满地缤纷，一片祥和。

由此可见，此花与佛门有缘。曼陀罗是梵语的译音，意为悦意花，被称为佛教的灵洁圣物，只有天生的幸运儿才有机会见着它，见到它能给人带来无止息的幸福。因佛法修的是清心观世界，寡欲走红尘，手中无物，万相皆空。所以在很久很久以前，这无蕊的白花就被人们看作是神的化身，象征着空心、无心和安心。

在佛经中，曼陀罗花是适意的意思，就是说，见到它的人都会感到愉悦。据说古埃及人宴客时，常会把曼陀罗花果拿给客人闻，因为曼陀罗花果富有迷幻药的特性，可以让客人有欣快感。

曼陀罗花原产于印度，花色大起大落，艳丽无比，分为大花（白花）曼陀罗、红花曼陀罗、紫花曼陀罗等种类。全株有剧毒，其叶、花、籽均可入药，味辛性温，药性镇痛麻醉、止咳平喘。主治咳逆气喘、面上生疮、跌打损伤，还可作麻药。三国时著名医学家华佗发明的麻沸散的主要有效成分就是曼陀罗。古人还将此药称为“蒙汗药”。

在西方传说中黑色的曼陀罗花当属花中极品，是高贵典雅而神秘的花儿。黑色的曼陀罗是一种花朵很像百合的花，它夜开昼合，花香清淡幽雅，闻多了会使人产生轻微的幻觉。传说每一株黑色曼陀罗花里都住有一位精灵，它可以帮你实现愿望，但却有交换的条件，那就是人类的鲜血。只要你用自己的鲜血浇灌那妖娆的黑色曼陀罗，在它开花的时候，花中的精灵就会满足你的一个愿望。但你也只能用自己的鲜血浇灌，因为精灵们喜欢这种热烈而致命的感觉。

相传大医学家李时珍听说北方有一种药，名叫曼陀罗花，吃了以后会使人手舞足蹈，严重的还会麻醉。他便离开家乡，来到北方寻找它。在历尽了千辛万苦之后，终于找到了它。

为了掌握曼陀罗花的性能，他亲自尝试，并记下了“八月采此花，七月采火麻子花，阴干，等分为末，热酒调服三钱，少顷昏昏如醉，割疮灸火，先宜服此，则不觉苦也”。另外，李时珍还写道：“相传此花，笑采酿酒饮，令人笑；舞采酿酒饮，令人舞。予尝试此，饮须半酣，更令一人或笑或舞引之，乃验也。”

在医药和毒药的交叉点上，曼陀罗花就像地精一般的突然显现，它过分妖冶的色泽吸引着人们的眼球和追捧，使得人们很难分辨其中的掌声——哪些是它的药物性，哪些又拜倒于它迷惑的威力?

这绚丽艳美的曼陀罗花犹如跳动的火焰，以带焰的火，呈现着精神诡异的造型。因此，曼佗罗花被欧洲、印度和阿拉伯国家的人们认为是“万能神药”。

这剂“万能神药”，就像是古代宫廷里那些嫡官嫔妃的风影事一样，实在是让人扑朔迷离。

地黄

每到春天的时候，地黄那淡紫色的花朵就盛开了。它花形似罐，花蕊蜜甜，庄稼人就给它起了个名儿，叫蜜蜜罐，也有叫它酒壶花的。每年四五月间，花开时甜香四溢，招惹得那些蝴蝶和蜜蜂们纷至沓来。它们趴在花朵上吸起蜜来，连朝天的小屁股也不顾了。急得抢蜜的孩子们不得不把它们赶到一边，换上自己的小嘴巴，贪婪地吮吸起来。那时农家的孩子们吃不上糖，吸上一阵子蜜蜜罐，就足够香甜半天了。这蜜蜜罐就是名贵的中草药——地黄所开的花朵。

地黄是多年生草本植物，叶长圆，有皱纹，看起来就像绒布一样，根黄色，块状，秋季收获。地黄可分为生地和熟地两种，新挖者，为鲜地黄，有清热、凉血止血之功能；烘焙后，为生地，性寒，味甘苦，

再经黄酒浸泡蒸煮后，为熟地。生地偏重于清热养阴，熟地偏重于养血滋阴，具有补精益髓之功，是补血滋阴之要药。李时珍曰：“今人惟以怀庆地黄为上。”可见他对怀庆地黄极为推崇。

《本草纲目》载：地黄生则大寒，而凉血，血热者需用之，熟则微温，而补肾，血衰者需用之。男子多阴虚，宜用熟地黄；女子多血热，宜用生地黄。尤其是熟地，药用“填骨髓、长肌肉、生精血、补五脏、利耳目、黑须发、通血脉”，确系祛病延年之佳品。

古人以太行山为“天脊”，以黄河为“地脉”，山为阳，河为阴，成就了古老的太极文化。而滋阴补阳、非覃怀之地而不生的名贵地方特产——“四大怀药”（怀山药、怀地黄、怀菊花、怀牛膝）则是这种文化的另一个载体，它们共同秉承了中华古老文化的精髓——养心、养性、养生。

中医药学是建立在古代哲学之上的具有深厚文化积淀的古老学科，在号称“千年补养第一方”的六味地黄丸中，怀地黄和怀山药占有相当大的成分。中医药历来讲究药材地道且遵古法炮制，因此可以说，没有四大怀药，就没有六味地黄丸。

春日里，地黄花伴随着麦苗的返青和杨柳的新绿，在田野里肆无忌惮地盛开着，它那淡紫色的花朵在阳光下闪烁着柔和的色彩，吸引得蝴蝶和蜜蜂们围着它们团团飞舞，竞相吸吮着它那甜蜜的花蕊，构成了一幅美妙的春之舞。

槐花

那一年的五月，正是槐花飘香的季节，我去爬徂徕山。其实我去徂徕山纯粹是一时的心血来潮，只因晚上看电视时偶然看到了一个槐花的画面，便决定第二天去徂徕山看槐花，碰巧第二天天气很好，我便欣然前往。

徂徕山是我们这里的名山，山上槐树很多，每年的四、五月份，正是槐花盛开的时节。走在开满槐花的山路上，只见棵棵槐树从头到腰都挂满了雪白的花朵，如串串飘飞的白蝴蝶，那带着甜味的淡雅清香，如同音乐般的在空气中到处弥漫着。抬头看，一串串洁白的槐花缀满树枝，引得蜜蜂们也忙碌不停地到处飞舞着。槐花开处，一片素雅，空气中的香味儿都快把人给薰醉了。我心想，今天算是让我来着了，要是晚来几天，没准儿槐花就谢了。

望着盛开的槐花，不免牵动起我对于故乡和童年生活的回忆。那时，每当槐花飘香的时候，便是乡下孩子们的节日，孩子们手持顶端斜绑小棍的长竹竿，蜜蜂一样喧闹着飞到树下，举起竹竿朝花柄处轻轻一扭，串串槐花就落到竹篮里，抓一把塞进嘴里，绵软香甜，止渴充饥。这香甜的槐花在那些贫穷的年代里，也不知填饱过多少乡下人的肚皮。

槐花不但可食，也是一味良药，中医认为，槐花味苦，性寒，无毒，归肝。具有清热凉血、清肝泻火的作用。槐花蜜更是蜜中上品，尝一口，绵甜芬芳，颊齿生香。在古代，诗人们早就对槐花进行了生动的描绘：

槐林五月漾琼花，郁郁芬芳醉万家。
春水碧波飘落处，浮香一路到天涯。

这是多么美的描述啊，槐花盛开之处，是那么地沁人心脾，那么地赏心悦目。那清甜的香味儿徐徐而来，就像在五月的黄昏，当你穿越那长长的走廊，远远的，有歌声随风飘来，如梦似幻；又如瓷器里的青花，素静淡雅，带着迷人的诱惑，别具风韵。

椿芽

喜欢在黄昏的时候出去散散步，就只我一个人，慢慢地走走，感受着独自的时光。一个人的行走，有一种孤寂的美。

我喜欢这样的孤寂，这是我的生活，不求太多人懂得，三两知己足矣。喜欢沿着一条寂寞的小巷走走，这里背静，白天也少人走。小巷的一侧是一家大工厂的院墙，墙边长着一溜的香椿树。

在早春里，我看着阳光一点点的照在枯树上，那树上的老皮一层层地裂开着，树枝上一片树叶也没有。可就在那树尖上，只几天功夫就鼓出来一个个小小的苞，我知道，那是香椿树在发芽。天有些阴了，风吹过来，大概是要下雨了，凉凉地穿过我的头发，我闻到了椿芽的清香味儿，只一点点，但我闻到了，不知为什么，刹那间我有种想流泪的感觉，是童年的记忆涌了上来：

我记起了小时候在部队家属院里的那棵又高又瘦的香椿树，树的主人是一位老爷爷。院子里住着十余户人家，在我小时候的记忆中，每逢春天，香椿长出嫩芽的时候，老爷爷就会来叫我们，用长长的竹竿在顶端绑上镰刀一类的工具，伸上树梢，把一枝枝刚刚发出来几乎看得见叶子上一道道像血管似的嫩嫩的香椿芽割下来，小朋友们，其实大多数是女孩儿们个个睁大眼睛朝着上面望着，每一枝椿芽掉下，都会快乐又小心地一一拾起，还“老练”地凑到鼻尖儿嗅嗅，便发出“这枝好香啊！这枝好嫩啊！”的感叹，然后放进竹篮里，再交给老爷爷，由他分送给每户人家。这天，小院里几乎家家户户都会做“椿芽拌肉”“椿芽拌豆腐”“椿芽炒鸡蛋”一类的菜肴，做饭的时候，那伴着香椿菜肴的缕缕清香不时地从各家的厨房里飘出来，这香味儿把我们的心儿飘得暖暖的，好像整个院子一下就变成一家了。那时还不会形容心里的这种感受，只是觉得这样的春天真是好美啊！

如今，早已远去了的这些旧日时光，却好像还活在那些光阴里，我有时还会梦到那棵又高又瘦的香椿树，它似乎成了我青春的一个标本，让我无法忘怀，其实，我已不可能忘记它了。

到底是春天，春雨说来就来了。它来的是那么地宁静，整整一天的雨水洗净了椿树上的灰尘，让椿树焕然一新，充满了生机，树尖上的椿芽也似乎长大了许多，变得更新更嫩了。

走在小巷里，滴答滴答的春雨敲击着路面，在路面上滴出了小水涡，小水涡里透出清晰的小石子。时间一长，小水涡里也有了波纹，水花溅起来，犹如我对母亲的一个大大的拥抱。

好像听见母亲在对我说：“是我的儿子回来了。”

白薇

看到白薇这个名字，首先浮现在我眼前的是一个清新典雅、秀丽端庄的女子。她是那么地姣好，那么地动人，宛若一位亭亭玉立的月光美人，正款款地向我们走来。

记得《诗经 · 小雅》中有一首《采薇》篇："采薇采薇，薇亦作止。曰归曰归，岁亦莫止。靡室靡家，严狁之故。采薇采薇，薇亦柔止。曰归曰归，心亦忧止。"虽然采的"薇"不一定就是白薇，但是情感却是那么地哀婉凄清，令人难忘。

其实，白薇只是很普通的一味草药，它在我国南北各省均有分布。也许正是因为它的普通才得到了人们的喜爱，人们便给它起了这么一个美丽的名字吧。

记得小时候，在老家的荒地、路旁及山坡草丛中，到处都生长着各种不知名的野草和小花。不过那时我对它们是相当漠视的，基本上不会注意到它们的存在，在一个小男孩的眼里，它们只不过是割下来喂羊喂牛的野草罢了。白薇就是这些野草中的一种，年年岁岁，它们就那么不起眼地生长着。只是见老人们有时拿它熬了治咽喉肿痛、身热不退等病症。

那时的人们生活地似乎都比较安闲，从立春开始，经过雨水、惊蛰、春分、清明、谷雨、一直到立夏，人们一个节气一个节气地数着慢慢地过来。

白薇也是这样，早春时节，夜晚还有霜落下来，银灰色的月光洒在大地上，一片银白，野地里十分地幽静。月光下的白薇头顶严霜，它们正安安静静地等待着春天地来临。从发芽、破土而出，到长出翠绿的小圆叶，直至夏至时节开出鲜艳的小红花，再到立秋时分结出紫褐色的果实，它们都是那么地安静。它们不紧不慢地生长着，让你感到它就像个羞涩的村姑，既娴静本分又安分守己。

我喜爱这朴素、清净的白薇。

苍耳

苍耳是一种植物，就生长在荒野的路边，它长相平凡甚至还有些丑陋，有人经过时会被它那椭圆形的浑身长满刺的小球沾得满身都是，因而大多数人对于苍耳是厌恶的。但是看东西不能只看表面，苍耳其实是个好东西，可以入药。它性味苦、辛、微寒，有小毒；具有祛风、清热、解毒的功能。主要用于治疗风湿痹痛，四肢拘急等症。

苍耳是开花的，一生只开一次。传说那花只在深夜里开放，开花时异常的妖艳，香味飘得很远。可能是没有人能承受住那样的美丽吧，据说看到过的人都会死去，其实这样的传说早已无从考证。

我小的时候，家里喂着鸡和兔子，放学后便经常挎着个篮子到山野里去挖野菜回来喂它们，由于在山上乱跑，身上便经常地沾着苍耳；

那时候调皮，还时常地发坏，经常偷偷地把苍耳扔到女同学的头发上，她们怎么弄也弄不下来，急得直哭。

前几天偶然翻看旧相册，看到多年前的中学毕业合影，忍不住微笑，照片中有两个靠得很近的男女同学笑得是那样地灿烂，不免让我想起他俩的初恋。

那时的我们都还小，他们的恋爱自然引起了不小的议论。那一年，他才刚刚留起发型，没有胡茬，还只是个眉眼青涩的小伙子，一袭白T恤，骑着一辆自行车在操场上飞奔，激起发梢飞扬。那一年，她还只是那个笑起来嘴角弯得很好看的小姑娘，穿着棉布裙子白球鞋，青春逼人般的美丽。她是个才女，写了很多诗给他，他拿着她写的诗向我们炫耀，他们的恋爱让我们羡慕万分，可是不知道为什么，后来听说他们还是分了手。大概是应了那句老话：“初恋时，我们不懂爱情”吧。

青春如梦般地就过去了，每每想起这些往事，内心不免有些伤感，耳畔就回旋起一首她曾经发表在校刊上的诗：

我就像苍耳一样
想随你到天涯，
可你却把我丢失在
十八岁的那个夜晚。
于是，
我再也找不到家。

有多少青春的记忆就这么无声无息地过去了，岁月在静静地流逝，我们都渐渐地长大了，那旧日的时光仿佛是老电影里的镜头在缓缓地拉长拉远，慢慢地变模糊了。

其实，离我们渐去渐远的不只是晚霞、远山、田野和苍耳，还有那逝去了永远也不会回来的青春年华。

含羞草

人们常说“人非草木，孰能无情”，实际情况可能恰好相反，有的人就是无情无义，而有的植物却是有感情的，不但有感情，它还有知觉呢，含羞草就是这样的一种植物。

含羞草给人一种文弱清秀的印象，长得楚楚动人，花娇而艳美。当你仔细观察它时，就会觉得它既美丽又可爱，那是一种娇气的美，很是招人喜爱。

以前，我曾经在我家的阳台上种过一棵含羞草，刚拿来时，只有六七厘米高，长着几片残缺不全的叶子，半死不活的，我是抱着一线的希望把它养起来，心想，管它活不活呢，就把它放在了那里。

几天后的一个中午，突然想起该给它浇水了，便向摆放花盆的那

个地方望过去，让我惊讶的是，那棵难看的含羞草已经伸直了纤细的腰，长出了三片嫩绿的叶芽。那嫩绿的娇叶在风中摇摆着，就仿佛是一位小姑娘在伸手向我召唤。我情不自禁地用手抚摸了它一下，它竟然害羞般地收拢了叶子，犹如一位害羞的少女用双手遮住自己的小脸一样。我欣喜地笑了起来，等了一会儿，它又悄悄地把叶片伸展了开来，哈还真是有趣！我想，含羞草一定是通人性的。

从那天起，我每天都要去看它或者给它浇水。我发现含羞草几乎一天长出一片绿叶，刚刚长出来的叶子红里透白，不几天叶子长大了，就变成嫩绿色的，绿得那么新鲜，让人看着非常的舒服，它的每组叶片之间一般都长两三个小花蕾，花蕾长到一两个星期时，居然开出了紫红色的小球，椭圆形花儿，没有花瓣，全是细细的蕊，像个好玩的小绒球。有时，我会故意碰碰它，和它开开玩笑。它呢，只要一碰便会立刻紧闭叶片下垂，就像一个站在窗前羞涩的小女孩，一遇到生人便立即关闭起自己的窗户一样，但片刻之后，它就马上恢复了原状，依旧是精神抖擞，生气勃勃的样子。

关于含羞草，还有一段美丽的传说呢：据说杨玉环初入宫时，因见不到君王而终日愁眉不展。有一次，她和宫女们一起到宫苑赏花，无意中碰着了含羞草，草的叶子立即卷了起来。宫女们都说这是杨玉环的美貌使得花草自惭形秽，羞得抬不起头来了。唐明皇听说宫中有个“羞花的美人”，便立即召见了她，封她为“贵妃”。从此以后，“羞花”也就成了杨贵妃的雅称了。

传说终归是传说，在现实生活中，含羞草还是一味很不错的中草药，它味甘、性寒，有小毒，具有清热利尿、化痰止咳、安神止痛、解毒、散瘀、止血等功效。可用于治疗感冒、小儿高热、急性结膜炎、支气管炎、胃炎、肠炎、泌尿系统结石、疟疾、神经衰弱等疾病。

面对含羞草，回顾着我刚刚把它拿回来时的情景，心想，它虽然长得是那么弱小，可它生命力却很强大，无论在什么环境下，它都能自强不息，谦逊朴实。人们喜爱它，它也总是充满感情地低下头去，从不骄傲自满。

苜蓿

没有人能够告诉我，这里从什么时候起就开满了紫色的鲜花，当我看到繁花铺满了草原，我就想，在那遥远的草原的尽头会是什么样子呢？就这么遐想着，就这么让我的心在这湛蓝的天空下流浪着，也就在这时，我认识了这种美丽的小草——苜蓿。

苜蓿之美，美在六七月间，那时，整个草原上的苜蓿花都开了，漫山遍野地盛开着，健壮的马群悠闲地吃着青草，天空蓝得叫人晕眩，牧人们自在地享受着阳光和大草原。在这里，时间是没有意义的，清新的空气把一切都荡涤得清清朗朗。在这时，人们的心境也早已被纯美的风景融化了进去。

唐代大诗人岑参在赞美西域的诗中说道：“胡地苜蓿美，轮台征

马肥。”由此可见，在西域，苜蓿和马是两个密不可分的意象。苜蓿是西域马最爱吃的草料，因为马匹的数量代表了一个帝国的国力和战斗力，就像鱼儿离不开水，马儿是离不开苜蓿的。

从某种程度上说，正是苜蓿，这种柔弱的小草在支撑着一个强大的帝国。唐代大诗人王维在《送刘司直赴安西》诗中写道：

绝域阳关道，胡烟与塞尘。
三春时有雁，万里少行人。
苜蓿随天马，蒲桃逐汉臣。

当令外国惧，不敢觅和亲。

苜蓿还具有药用的价值，《食疗本草》论苜蓿：利五脏，轻身健人。洗去脾胃间邪热气，通小肠热毒。现代医学认为苜蓿能防出血，对各种小出血，和肺胃及十二指肠出血，都有良好的预防效果。

苜蓿草是多年生草本植物，一般只有三片叶子，找到四片叶子的机率只有万分之一，隐含得到幸福及上天眷顾，所以四叶的苜蓿草又叫幸运草。因为珍稀难求，所以四叶草一直是国际公认的幸运的象征！

关于四叶草，还有一个很美的传说：从前有一对恋人，他们很相爱，一起住在一片很美的桃林里，但是因为一件特别小的事，他们闹别扭了，彼此不肯让步，终于有一天，爱神看不下去了，她飘到他们住的那片

桃林，悄悄撒了一个谎：告诉他们各方会有难，只有在桃林的最深处找到那片四叶草才可以挽救他们。

他们听后装作十分无所谓，可是心里还是为对方担忧着，那晚下雨了，是暴雨，可是他们仍偷偷地为对方到桃林最深处去寻找四叶草，当他们知道了对方都很在乎自己时，都很感动，决定让四叶草见证他们的爱情。爱神笑了……这是爱神开的一个玩笑，因为她并不想让幸福来得过于容易，只有彼此在乎，彼此珍惜的人才配拥有幸福……四叶草，是爱情的见证！

四叶草的每片叶子都有不同的意义，包含了人生梦寐以求的四样东西：名誉、财富、爱情、健康。相传若是为爱人找到了这四片叶子的幸运草，那就是找到了幸福。

四叶草，爱情的见证！苜蓿草，为爱而生！

三七

古人在给药物起名字时可真是充满了想象力，就连数字也可以当药物的名儿。头一次听说三七时，脑子里顿时便闪过“不管三七二十一”这句俗语，感觉很有意思。2007年去云南旅游让我大开了眼界，在那里我见到了“三七”。

在祖国西南边陲文山壮族苗族自治州的深山密林里，生长着一种“春苗如翠，秋实似火”的神草。关于这种神草，千百年来一直流传着许许多多神奇的故事：猎手不慎坠崖，股骨折断，顺手扯下一株神草嚼烂，包敷于骨折处，居然能拄着猎枪步行回家；石匠的脚掌被石头砸伤，疼痛难忍，将神草捶烂包扎于伤处，马上止血止痛；产妇血崩，生命垂危，一把神草能将其从死神的手中抢夺回来。李时珍誉称这种神草“能治一切血症”。密林中的这种神草，就是“三七”。

云南是我国著名的药材之乡，云南文山是三七的产地，三七花是三七的精华，据说它具有凉血，降压，调脂，抗出血，活血通脉，养生抗衰，消炎镇痛的作用。三七又名田七，李时珍称其为“金不换”。《本草纲目拾遗》记载：人参补气第一，三七补血第一。以三七的块根入药，可以治疗各种出血、淤血和跌打损伤。据研究，三七含有多种皂甙、丰富的铁质、钙质、蛋白质和糖类，具有缩短凝血时间、增加血小板的作用，能像漆那样把伤口粘合起来，所以又叫山漆；因为它对各种出血症有止血功能，人们又叫它血见愁，名扬中外的“云南白药”就是以三七为主要原料制成的。至于三七这一名称的由来，有一种说法是这样的：

古时候，有一个叫张二的青年，患了一种疾病，口、鼻时常出血不止，虽经多方医治，仍无疗效。一天，一位姓田的医生从这里路过，他取出一种草药，研成末给病人吞下，不大功夫，血竟然止住了。张二一家非常感激，定要医生留下这种药的种子，于是，医生就给了他们种子。

一年之后，张二家的草药长得非常茂盛。恰巧，知府大人的独生女儿患了出血症，也是多方治疗不见好转，无奈，只好贴出告示：能治好女儿病者，招其为婿。告示贴出后，张二带上自种的草药，二话没说，拿出草药研成末给小姐服下。谁知不到一个时辰，小姐竟死了。这可惹了大祸，知府大人命差役将张二捆起来，严刑拷打，逼着他说是怎样毒死女儿的，张二讲出实情。知府大人听了，即令捉拿姓田的医生，不几天，田医生就被捕了，定他为“谋害杀人”罪，田医生大声辩解，刚巧一位大官路过此地，问及此事，田医生解释说：“此草药对各种出血症都有疗效，但必须生长到三至七年才能有效。张二所用之药，仅长满一年，根本没有药性，当然救不了小姐的性命。”说罢，他从差役手中要过利刀，在自己大腿上划了一刀，鲜血直流，他从自己的药袋中取出药，内服外敷，即刻便血止痂结，在场的人惊讶不已，知府大人无话可说，只好放了田医生。为了记住这一惨痛的教训，人们便把这种药定名为“三七”，表示必须要生长到三至七年才能用。

三七，这棵“南国神草”，不仅是治疗外伤血症的特效草药，而且也是预防和治疗心脑血管病的高效药材。我们一定要好好地保护和研究这棵“神草”，让它更多地造福于全人类。

山药

打小就喜欢吃山药，尤其喜欢吃拔丝山药，是毫无来由的喜欢吃，一看见那金黄舒软，流着糖汁的拔丝山药，我就忍不住直淌口水，恨不能一口就咬到嘴里，尽管被烫得呲牙咧嘴，还就是喜欢吃这口，真是没有办法。

山药不仅是美食，也是我国传统的中药材之一，是我们大家都熟悉的滋补珍品。山药原名薯蓣，因为唐代宗名豫而改叫薯药，后又因宋英宗名署只好再易其名，就有了现在的山药之名。山药为薯蓣科多年蔓生草本植物薯蓣的根茎，在我国的南、北都有种植。

山药外形为细长的圆柱状，有着土褐色的外皮，并长着一些杂须，可谓貌不惊人，但这模样一般的山药却有着充满灵秀的内质，它肉质洁白细嫩、质地柔滑鲜脆，而且还含有丰富的营养物质，对人体的健康十分有益。

山药营养丰富，有健脾补肺、益肾固精的功效，广泛用于产妇、老人和病愈康复期的人群，属于温和的滋补食物，又是历代医家推崇的重要药材，具有丰富的药用价值。据《神农本草经》记载：山药久服耳聪目明，是食补和药补之上品。传统中医认为：山药味甘、性平，具有健脾，补肺，固肾，益精等功效，对肺虚咳嗽，肾虚遗精，小便频繁等症有良好的疗效，是进补的“食物药”。此外，山药中的消化酶对消化道疾病和糖尿病的防治也有一定的作用。

虽然山药在我国种植很广，但以河南焦作一带出产的山药品质最好、药效最高，又称怀山药。关于怀山药，还有一段美丽的传说：古时候，焦作一带有一个小国，叫野王国，野王国很小，常被一些大国欺负。一年冬天，一个大国派军队入侵野王国，野王国的将士们虽然拼死奋战，但最终因军力不足战败了，打了败仗的军队逃进了深山，恰巧下起了大雪，大国的军队觉得山中峰高沟深，易守难攻，便不再追赶，只是封锁了所有的出山道路，想将野王国的军队困死在山中。大雪纷飞，逃进深山的将士们饥寒交迫，许多人已经奄奄一息。绝望之际，一位士兵抱着几根树根样的东西跑来，说是在地里挖的，甜的，能吃。将士们一听说有东西可以吃，便立刻和那位士兵一起去挖。那种植物漫山遍野都是，士兵们刀剑并用，很快就挖了一大堆。大家饱餐后，感觉体力大增，伤兵的伤也痊愈了，就连吃那种植物的藤蔓和叶枝的马也强壮无比。此刻，将军一声令下，士兵们如猛虎一般冲出山林，夺回了失地，保住了国家。后来，将士们为纪念这种植物，给它取名“山遇”，意思是绝望时在山中遇到的东西。后来，人们还发现了它的药用价值，遂将“山遇”改名为“山药”。

既然是传说就不会只有一种，我还听到过另一种民间传说：据说，过去的山药皮色都是土黄的。明朝成化年间，长城脚下住着一户人家，夫妇俩只生了一个女儿，起名翠儿，长大后出落得如花似玉，与一位青年农民从小青梅竹马，笃爱甚深。人们说，他俩是天生地配的一对儿。一天，老夫妻出门为女儿置办嫁妆，安排女儿在家剜山药籽。就在这天，来了两个强盗，一见翠儿，兽性大发，糟蹋了这个可怜的少女。翠儿左思右想，觉得无颜再见父母和心爱的丈夫，毅然握刀自刎，鲜血染红了已剜好的山药籽。

后来，老夫妻俩和女婿强忍悲痛，将这些山药籽种了下去，到秋天挖出来的山药，皮色全变成了紫红的，人们蒸煮而食，口感优于原来的山药。从此，山药又多了一个品种。

这则传说虽无科学道理，却寄寓着人们对忠于爱情的赞颂和追求美满婚姻的情感，令人感叹。

薇菜

说起薇菜，很自然地我就想起《诗经 · 小雅 · 采薇》篇，《采薇》是《诗经》的名篇，它一咏三叹，将一位被遣戍边的士兵在归途中的追忆唱叹，写的是百感交集，情景交融。仿佛三千年前的这样一位久戍之卒，怀着对故乡的浓浓乡愁，无数次的登高望归的情景，都一幕幕的重现在我们眼前。

“昔我往矣，杨柳依依。今我来思，雨雪霏霏”这四句，是诗中的名句。“杨柳依依”表现士兵春天出征时对故乡、亲人的那种恋恋不舍的心情；“雨雪霏霏”使我们联想到他在征程中经受的许多磨难，并衬托出他在返家时满怀哀伤悲愤的心情。清人王夫之说这四句诗“以乐景写哀，以哀景写乐，一倍增其哀乐。”（《姜斋诗话》）

采薇采薇，薇亦作止。
曰归曰归，岁亦莫止。
靡室靡家，严狁之故。
采薇采薇，薇亦柔止。
曰归曰归，心亦忧止。
忧心烈烈，载饥载渴。

《采薇》篇首句就以采薇起兴，戍边的生活十分地艰苦，因薇菜可食，戍卒就以薇菜来充饥。薇菜，学名紫萁，是多年生草本植物，早春发芽，产于北方的次生林或灌木林中。这随手拈来的起兴之句，就反映了戍边士卒生活的苦况，因为戍役不仅艰苦，而且漫长，“薇亦作止”“柔止”“刚止”，循序渐进，就形象地刻画了薇菜从破土发芽，到幼苗柔嫩，再到茎叶老硬的整个生长过程，也喻示了时间的流逝和戍役的漫长。

有人说，人在什么时候遇到什么植物，实在是一种缘分。这位戍边的兵士遇见薇菜，进而写出这篇传世之作，就确是一种缘分。我小时候生活在东北的长白山区，有缘遇见过薇菜，也上山采过不少的薇菜。那时，我们的物质十分地贫乏，薇菜在当时是被我们当做救荒草来采挖的，薇菜既可鲜食，又可腌渍或干制，不像现在，薇菜已步入了高档餐桌。野生薇菜鲜嫩味美，营养丰富，尤其是那未展开的嫩叶最好吃。在儿时的记忆中，薇菜总是那么的香味儿独特，清脆可口。

那时，每当早春时节，刚刚破土而出的薇菜芽卷曲着身子从地下拱出来，嫩嫩的，柔柔的，就像刚出生的婴儿一般，让人看得都心颤，我时常久久地注视着它们，看那淡淡的带着绒毛的小小嫩绿。这样的情景，真不知给我年少的青春带来过多少空濛的幻想。

不知为什么，在我童年的梦中，总有我在长满薇菜的灌木丛中奔跑的意象。一晃三十多年过去了，故土也远在千里之外，岁月在渐渐地老去，多少光阴的故事都慢慢地飘散了，可这些意象却是抹不掉的，它们是我年少的岁月，是我永远的乡愁。

乡愁总是那么的让人惆怅，让人难以忘怀。我喜欢这样的乡愁，因为这样的乡愁来得持久，来得绝美 ......

草莓

也许是出生在农村的缘故，我打小就熟悉各种果木树，家在农村，使我有机会认识和亲近它们。春分前后，天气还忽冷忽热，可院子里的杏树、樱桃树却已经开花了，惹来了许多的蜜蜂。在田野里，艾蒿、苦菜、车前子、小豆草、荠菜等各种小草也已经泛青了，有的荠菜已经头顶着又白又小的荠菜花在春风中瑟瑟地摇曳着，这是童年时我在农村所看到的早春景象。那时的春天是没有什么水果可吃的，最早能吃上的就是樱桃，接着下来的是杏和桃子。

那时还没有草莓，草莓是我长大以后在城里见到的，第一次面对着这种如小红灯笼般的鲜艳的果实，我是既新奇又疑惑，别人给了我一颗，我尝了一口，酸酸甜甜的，感觉口感还可以，闻起来也是芳香

馥郁的，很是好闻。他们说这是从南方引进来的，多吃也不会受凉或上火，是老少皆宜的健康食品。我就这么认识了草莓，草莓也是春天最早下来的鲜果之一。

后来才知道，草莓属蔷薇科多年生草本植物，又叫洋莓，原产于南美洲，我国是在20世纪初才引进的。草莓品种繁多，全世界有50多种，草莓的果实柔软多汁，甘酸宜人，营养丰富，富含多种有效成分，比苹果、葡萄含量还高。同时它还具有极大的药用价值，其味甘、性凉，具有止咳清热、利咽生津、健脾和胃、滋养补血等功效。近年来医学研究表明，草莓具有益心健脑的独特功效，特别是对于防治冠心病、脑溢血及动脉粥样硬化等病症有很大作用。难怪台湾人把草莓称为“活的维生素丸”，德国人把草莓誉为“神奇之果”呢。

写到这里，想起在今年的春天我碰到的一件很是让人叹息的事情来：

那是个星期天的上午，我去菜市场买菜，菜市场就设在马路边上，买菜的人、过往的行人、再加上来往的车辆，使得整个马路拥挤不堪。这时，就在我不远处，一个骑摩托车的青年男子将一位卖草莓的农村妇女的草莓篮子撞倒了，鲜红的草莓顿时撒了一地，农村妇女大声喊住骑摩托车的青年，他们双方开始了交涉，我没有听清楚他们谈了些什么，只见农村妇女弯腰拾起散落在地上的草莓，装进一个塑料袋里，用秤称好，给青年男子看过，然后递给对方。我想该给钱了吧，然而这时却发生了让我极为惊讶的一幕，只见那个男子接过草莓，用力地抛在了地上，农村妇女没说什么，只是低着头。青年男子抽出几张钞票，甩在了农村妇女的身上，然后一加油门扬长而去。农村妇女默默地把钱收好，揣进衣兜里，提着空篮子走了。

马路上，那一袋鲜红的草莓躺在地下，一会儿就被过往的车辆碾得稀烂，红红的草莓汁淌了一地，犹如人的鲜血一般。

西红柿

从小就喜欢吃西红柿，小时候生活在东北的军营里，冬天，部队上建了很多的塑料大棚种蔬菜来改善战士们的生活，大棚里种的最多的就是西红柿，我们小孩子家一有空就跑到大棚里去偷摘西红柿吃，管理大棚的小战士见了我们便笑着大声地吆喝：“再摘柿子就打屁股啦！”我们嬉笑着摘两个就赶紧跑了。一晃这都是三十多年前的旧事了，时间过得真是飞快，快得令人感叹。

说起西红柿，据说它还是从西方传入我国的，似红柿子，又类似茄子的形状，因而被我们中国人命名为“西红柿”或“番茄”。

相传番茄的老家在秘鲁和墨西哥一带，原先是一种生长在森林里的野生浆果。当地人把它当作有毒的果子，称之为“狼桃”，只用来观赏，无人敢食。当地传说狼桃有毒，吃了狼桃就会起疙瘩长瘤子。虽然它成熟时鲜红欲滴，红果配绿叶，十分美丽诱人，但正如色泽娇艳的蘑菇有剧毒一样，人们还是对它敬而远之，未曾有人敢吃上一口，只把它作为一种观赏植物来对待。

据记载，到了十六世纪，英国有位公爵在南美洲旅游，很喜欢番茄这种观赏植物，于是如获至宝一般将之带回英国，作为爱情的礼物献给了情人伊丽莎白女王以表达爱意，从此，“爱情果”“情人果”之名就广为流传了。但人们都把番茄种在庄园里，并作为象征爱情的礼品赠送给爱人。

时间过了一代又一代，仍没有人敢吃它。到了十七世纪，有一位法国画家面对番茄这样美丽可爱而“有毒”的浆果，终于忍不住吃了一个，吃完便躺在床上等死，时间一分一秒地过去了，他鼓着眼睛对

着天花板发愣，药性仍没有发作。怎么？他吃了一个像毒蘑一样鲜红的番茄居然没死！他咂巴咂巴嘴唇，回想起咀嚼番茄那味道好极了的感觉，满面春风地把“番茄无毒可以吃”的消息告诉了朋友们，他们都惊呆了。不久，番茄无毒的新闻便震动了西方，并迅速传遍了世界。从那以后，上亿人均安心享受了这位“敢为天下先”的勇士冒死而带来的口福。到了十八世纪，意大利厨师用番茄做成佳肴，客人们赞不绝口。番茄终于登上了餐桌。从此，番茄博得了天下人的爱，被人们誉为红色果、金苹果、红宝石、爱情果，等等。

如今，西红柿作为一种蔬菜，已被科学家证明含有多种维生素和营养成分，特别是它所含的茄红素，对人体的健康更是大有益处。同时，它还具有止血、降压、利尿、健胃消食、生津止渴、清热解毒、凉血平肝的功效。

当然，人们称西红柿为“爱情果”，还因为此果真有爱情一般的功效。它含有胡萝卜素和番茄红素，有助于展平皱纹，使皮肤细嫩光滑，焕发光彩，让女孩子们更加地美丽。番茄汁中含有一种天然的果胶，不但能消除皱纹和雀斑，食用还可以有效的清除体内的垃圾，对肌肤的有着很好地滋补作用，能让肌肤更加地完美。

说了这么多西红柿的好处，那就让我们多吃些这“爱情果”吧，让我们都来体会一下爱情所带给我们的那份甜美的悸动和浪漫的情怀吧。

石竹

今年的初秋时节，在一个天高气爽的日子里，我们几个好朋友相约一起去爬我市古老的文化名山——龟山。龟山虽然不高，但山石很是奇特，每块石头都带有非常美丽的纹理。没有上山的路，我们就沿着山崖往上爬，快爬到山顶时，我惊奇地发现，就在山崖石缝中，赫然盛开着几朵非常美丽的石竹花，颜色粉红粉红的，与周围暗淡的山石相比，是十分地鲜艳夺目。我赶紧拿出相机对着它拍照，并仔细地观察着它。只见它花朵粉红，周围镶着白色的滚边，花边看起来就像是一圈精致可爱的蕾丝一般，整个花朵给人的感觉就像是一位纯真的少女，是那么的楚楚可爱，美丽动人。

回来之后，我查了下资料得知：石竹又名石菊、绣竹、剪绒花，药材名瞿麦。石竹花还是我国的传统名花之一，可以全草入药，具有清热利尿、破血通经之功效。《本草纲目》称它：味苦，微寒，无毒。它还能做成保健茶，常饮此茶，可以轻身明目，健康长寿。

石竹在中国栽培的历史悠久，宋代大文学家王安石就非常爱慕石竹之美，曾写下《石竹花二首》，其中说道：

春归幽谷始成丛，地面芬敷浅浅红。

车马不临谁见赏，可怜亦解度春风。

在这里，王安石大发感慨，怜惜这么美的花却不被人们所赏识，只能孤独地盛开在深山幽谷之中。

所以，石竹的花语为纯洁的爱、才能、大胆和女性之美。另外还有一种从欧洲引进的品种，叫香石竹，又名康乃馨，人们就比较熟悉了，因为它代表了母亲的爱。在全世界人们的心中，石竹花（康乃馨）是母亲节的象征。有些国家还规定“母亲节”这一天，母亲还健在的人要佩带红石竹花。母亲已去世的人要佩带白石竹花。

石竹花生长于山野之中，它是最平凡的花，它没有牡丹的富贵气派，月季的风流不败，芍药的娇艳多情，兰花的芳香自赏……可是，人们把思念母亲、敬爱母亲的感情寄托于石竹花，是因为它代表了母亲那伟大的情怀。

大豆

建安年间，曹丕当了皇帝，深怕弟弟曹植威胁到自己的地位，便想迫害他，有一次他让曹植在七步之内作出一首诗，否则就把他处死。曹植应声而起，还没走到第七步就吟出了一首诗：

煮豆燃豆萁，豆在釜中泣。
本是同根生，相煎何太急。

毋庸说，这是曹植的控诉书。在诗中，曹植用同根生的豆秆来煎熬锅里的大豆这个比喻暗指两人本是亲生兄弟，应该骨肉情深、真诚相待，但却是骨肉相残，表达了他内心的无比悲愤。曹植“七步诗”

的意义已不再是此诗本身的价值了，它包含了深邃的政治内涵，成了历史长河中为了争权夺利，兄弟反目、手足相残的一种写照，这样的结局真是令人唏嘘感叹。

从另一个角度来讲，这也是古人描写大豆最著名的一首诗了。由此可见大豆对我们古人的深远影响。

大豆起源于我国，在我国自古就有栽培，至今已有5000多年的历史，古人称之为“菽”。现在全国都普遍种植，在东北、华北、陕、川及长江下游地区均有出产，以长江流域及西南栽培较多，以东北大豆质量最优。世界各国栽培的大豆都是直接或间接由中国传播出去的。它的营养价值很高，被称为“豆中之王”“田中之肉”“绿色的牛乳”等，它含有大量的不饱和脂肪酸，多种微量元素、维生素及优质蛋白质，是数百种天然食物中最受营养学家推崇的食物。因为大豆是豆科植物中最富有营养而又易于消化的食物，也是蛋白质最丰富最廉价的来源。在蛋白质的提供上，大豆食品也是唯一能够抗衡肉类的植物性食材。对于素食者来说，这相当地完美。

不得不佩服我们的古人，是他们充满了神奇的想象力，他们把大豆转化为纯香洁白的豆腐，这种转化令我们后人叹为观止！这不仅仅是对风味和营养的升华，这同时也形成了中国文化的一部分。中国古人称赞豆腐有“和德”。吃豆腐的人能安于清贫，而做豆腐的人也懂得要“顺其自然”。我们古人相信，水能滋养人的灵性和觉悟，这一点就仿佛水对豆腐的塑造，两者之间肯定有一种不可言喻的共通。

我们的祖先不只是把大豆做为食物来用，同时也深知它的药用价值：大豆味甘、性平，入脾、大肠经；具有健脾宽中，润燥消水、清热解毒、益气的功效；可用于脾气虚弱、消化不良、疳积泻痢、腹胀羸瘦、妊娠中毒、外伤出血等症。大豆还能抗菌消炎，对咽炎、结膜炎、口腔炎、菌痢、肠炎等有疗效。现在，我们几乎每天都吃着由大豆做的各种豆腐。有时，我望着那白雪一样的豆腐发愣，看着它闪着洁白的光，泛着暖意，是那么的柔软，那么的清香，在这温润的景致里，我仿佛看到了那辛勤劳作的人们，他们披风沐雨，年复一年地收获着一个个的酸甜苦辣，感受着万般的无奈和多彩，这就是老百姓的生活。

虽然围绕着豆腐的生活是清淡辛苦的，但在老百姓眼里，每一块豆腐都很珍贵，因为它们能够帮助自己供养子女，过上幸福安稳的日子，也使得我们的历史得以传承下去。

只是，不要再发生“七步诗”那样的兄弟相残的悲剧才好。

灵芝

知道灵芝，还是儿时玩伴嬉戏时随口冒出的一个歇后语：吃了灵芝草……长生又不老！于是，在心中就生长了这种仙物，它灵慧、珍贵、难得一见！

灵芝，不但是中医药宝库中的精品，而且也是中国历史上所特有的祥瑞之物，自古以来就被称为仙草、瑞草、瑶草，是天意、美好、吉祥、富贵和长寿的象征。在我国古代流传着许多有关灵芝的神话传说，对于灵芝生成的说法就更具有浪漫的色彩。

传说灵芝是集千年天地之正气、日月之精华，历经数千万年，才长成的不死之仙草。

《山海经》中有这样的记载：炎帝有个小女儿，名叫瑶姬，刚到出嫁之年就“未行先卒”了。这位满怀热情的少女，她的精气飘荡到“故瑶之山”化为“瑶草”。这种草的叶子葳蕤茂盛，谁要是吃了这个“草”，就能和他（她）所思念的人在梦中相会。这种象征着爱情的神草就是灵芝。

灵芝因其生长于不测之高的涧溪壑谷，多为人迹罕至之处，轻易不可得之，加上灵芝本身所特有的一些药效，就逐渐被人为地演化为神秘的仙草了。

灵芝文化的发展深受中国道家文化的影响。在中国历史上，一些道教人物首先倡导了灵芝的药用价值，把灵芝列入“上药”，并著书立说积极推崇其药效，称灵芝能使人“长生不老”“起死回生”，又

称“还魂草”。此虽为夸张之词，但也说明了灵芝的药用价值，就连秦始皇对此也深信不疑，曾专门遣徐福带500名童男童女去蓬莱仙岛寻求。在我国家喻户晓的神话故事《白蛇传》中，白娘子只身前往峨眉山盗仙草，以救夫君许仙。她历经艰辛、危险，终于感动了南极仙翁，取回了能“起死回生”的仙草。

这仙草就是灵芝草。嫦娥也因盗灵芝而长生不老，并永远住进了月宫。唐朝诗人李商隐还根据这个传说，写下了一首诗：

云因屏风独影深，长河渐落晓星沉。
嫦娥应悔偷灵药，碧海青天夜夜心。

据说唐朝大诗人杜甫，终生不得志，虽到晚年，忧国忧民之心不减，五十六岁时在湖北沙市开设《百草堂》药铺一座，曾在门首书对联一副：独活灵芝草，当归何首乌。李时珍在《本草纲目》中对灵芝作了如下的描述：“苦、平，无毒。主治心中结，益心气。补中，增智慧，不忘。久食轻身不老，延年神仙。”

近年来，灵芝作为一种文化已渗透到人们生活的各个角落，涉及建筑装饰、绘画艺术、美学、营养学、宗教信仰等各个领域，并被西方人亲切地称为“神奇的东方蘑菇”。现代医学也证明了灵芝具有营养保健、预防疾病、延缓衰老、增强体质的功效，是天然的保健佳品。人们还用灵芝做成“灵芝茶”“灵芝宴”“灵芝保健粥”“灵芝月饼”，不仅风味独特而且养生养颜。

在“预防胜于治疗”的今天，灵芝的保健作用早已为人们所接受，顺应着世界范围内“回归自然”的大潮流，灵芝已越来越受到人们的关注和喜爱。

仅以一株健康的灵芝，送给病痛的人们，祝你们康泰、青春、幸福、愉悦！还要送给相爱的人们一株心灵的灵芝，祝你们琴瑟共鸣，永浴爱河！

梅

旷野中的雪地，一片银白，大地辽阔而又疏远。这是我一个人的世界，我喜欢一个人在雪地里行走。

远远地，便看见了那一树梅花，正在飘飘大雪中粲然地向我微笑着，那是雪地里的一树孤独的干枝梅。我情不自禁地走了过去，仔细地端详着她，此时，她正在悄然地绽放着，一个个圆鼓鼓的小花苞胭脂一样地红，那半开的花朵娇嫩地就像小娃娃那粉红的小脸蛋，洁白的雪花飘落在花瓣上，使花朵显得更加地娇艳。我伸出手，想轻轻地抚摸一下她，却在半空中停住了，我真怕碰坏了她，她是那么地娇嫩。我轻轻地感叹着：真美啊！我嗅着她那淡雅的清香味儿，不觉想起了古人的一句诗："遥知不是雪，唯有暗香来。"这才真切地领悟到古

人对梅花地赞美真是太恰如其分了。我站在那里，对着梅花轻轻地说话，我知道，她在倾听，每一个字她都能听得懂。

这是我一个人的雪天，我喜欢雪，更喜欢这树雪地梅花，洁白的雪地使人的心事都难以掩藏，就像那雪地里的脚印。我望着我身后踩出来的一串脚印，它们深深浅浅，弯弯曲曲地从远处爬过来，那是我用脚写出来的一行诗句，是我用脚谱出来献给这树梅花的一首乐曲。

这是我一个人的雪天，在这大雪飘飞的时候，只有这树梅花“凌寒独自开”着，寂寥而又动人。这小小的花，既清冽，又冷香，像古琴，又似白茶，像月光下的清霜，又似喜欢一个人，是坐在角落里偷偷地喜欢，气质又是那么地冰清玉洁。可是，又有谁知道她的孤独与寂寞呢？我想，她也需要温暖，渴望理解，期盼着春天，需要一个人此时来和她说说话，我懂得她的心思，我轻轻地对她说：你真美，我爱你！我看见花朵微微地颤动了一下，压在花朵上的一小块雪花落了下去。我想，她是真地听懂了我的话。

山丹丹

《山丹丹花开红艳艳》是20世纪70年代郭兰英演唱的一首脍炙人口的陕北民歌，这首歌曲曾经唱遍大江南北，她的演唱是那么地质朴、嘹亮、荡气回肠，也使得这种生长在黄土高原上的山丹丹花家喻户晓。在她之后，又有许多歌手演绎过这首歌。

由此，我对山丹丹花产生了兴趣，我想，黄土高原素以干旱著称，山丹丹花竟然能在那样的环境里生长、开放，可见它对环境的适应力是何等的顽强。查了下资料得知，山丹丹属百合科，多年生草本植物，野生于山坡，学名叫斑百合，又叫红百合，当地人称为“山丹丹花”，它夏初开放，花朵为六瓣，每一瓣都呈优美的弧度向后反卷弯曲，整朵花俯垂下来，就像一盏精致漂亮的小红灯笼。因其花色鲜红、生命力极强而受到人们的喜爱，也历来被人们视为革命的象征。只是后来因陕北地区过度放牧，加之连年干旱，生态环境遭到了严重的破坏，山丹丹花也几近绝迹。近年来，由于人们对环境的逐渐重视，生态日益好转，山丹丹花才又在杂草中逐渐萌芽，慢慢地露出了她那羞红的脸。

当你站在黄土高原上，远远地望过去，在一片杂草丛中，蓦然地点缀出一枝红得耀眼的花朵，使得周围的一切似乎都成了它的背景，那一点鲜红，便是山丹丹花。

可以说，山丹丹花能在那么贫瘠的土地上绽放，真是令人肃然起敬，她茎美如莲花，亭亭直立；叶美如松针，簇簇碧绿；花美如村姑，单纯而又质朴……

山丹丹开花哟红艳艳＼咱们中央那个红军到陕北＼咱们中央那个红军＼到呀到陕北

千家万户哎咳哎咳哟＼把门开哎咳哎咳哟＼快把咱亲人迎进来＼咿儿呀儿来吧哟喂＼围定亲人哎咳哎咳哟＼热炕上坐哎咳哎咳哟＼知心的话儿飞出心窝窝＼咿儿呀儿来吧哟喂

前段时间，我听到阿宝也演唱了这首《山丹丹花开红艳艳》。对比了一下，我似乎更偏爱阿宝唱的这首老歌。我以为，之前的一些歌手把这首歌都唱得太甜，少了些朴素，脱离了那种原生态的味道，只有阿宝，他把陕北民歌的那种豪迈、苍凉、粗狂、单纯的味道给唱出来了。

其实，真正好的歌声就是这样，总是那么的质朴，单纯，充满了温情，会让你闭上眼睛，听得心醉神迷，那应该是一种来自心底的声音，而不是被煽动的结果，它会带给你抚慰，带给你温暖，你会被它感动地热泪盈眶。

我想说的是，不论是歌曲还是其他事物，应该是越质朴，越单纯越好，不要过多地去修饰它，要让它带着它自己原来的本色，也许只有这样，才能更加接近事物的本质。

女贞

坚贞的女子令人敬佩，女贞，就代表了女子的坚贞。看到这两个字，不仅让人想起法国女英雄圣女贞德。其实，在中国历史上也有许多坚贞不屈的奇女子，青史留名的就有花木兰、董小宛、柳如是、李香君，等等，她们不仅才貌双全、而且极富民族气节，不愧是中国女性中的佼佼者。

在植物中，有一种树就叫“女贞树”。据说，这个名字的由来就与一位坚贞的女子有关：

据说从前有位乖巧的姑娘，名叫贞子，嫁给了一个老实忠厚的农夫，两人十分相爱。后来起了战争，农夫被强拉去当兵打仗。临走，贞子对丈夫说：你要好好照顾自己，我等着你平安回来。丈夫说：我一定会回来，你要在家等我！

可是，丈夫一去就没了消息，贞子每天都过着寂寞的日子。有一天，一个被抓去当兵的同村青年回来了，说贞子的丈夫已经死了，贞子听后伤心欲绝。邻居大娘每天都来探望她。由于思念丈夫，贞子的身体每况愈下，有一天，贞子对邻居大娘说：我看来是活不久了，我没有父母，也没有子女，我只有一个愿望。邻居大娘就安慰她：别说这种丧气的话。贞子说：我死后，请在我的墓前种一棵冬青树，如果他回来了，告诉他那就是我在等着他。邻居大娘抹着泪说：我答应你……

几天后，贞子撒手离开了人间，邻居大娘就在贞子的墓前种下一棵冬青树。几年后，冬青枝叶茂盛，长得又高又大。这时，贞子的丈夫突然回来了，邻居大娘说出事情的经过，并带他来到贞子的墓前，丈夫趴在贞子的坟上哭了三天三夜，豆大的泪珠润湿了冬青的根。奇怪的是，冬青树竟然开了花，并结出许多豆大的果实。人们从没听说冬青树会开花结果，真是太奇怪了。有人说冬青树里可能住着精灵，一定是贞子死后变成仙女，住在这棵树里面了。

丈夫想：贞子的灵魂一定附在这棵树上，也许吃了果实就能和贞子相会了。丈夫就连续吃了几天，可是并没有见到贞子，却发觉身体在渐渐的好转起来。原来，这棵树已经变成药材树了。人们就将这种树命名为女贞树，并将她的果实叫做女贞子。

李时珍在《本草纲目》中这样描述女贞："此木凌冬青翠，有贞守之操，故以女贞状之。"

决明子

由于长期的阅读、写材料、用电脑等伏案工作，我的眼睛出现了酸痛、红肿、流泪等不适的症状，不得已去看了医生。医生推荐我喝决明茶，其方法是：将炒熟的决明子、枸杞、菊花同时放入有盖杯中，用沸水冲泡，加盖焖 15 分钟后饮用。按照医生的嘱咐，我在喝了一段时间的决明茶后，眼睛真的明显地好转起来，各种不适的症状逐渐地消失了，这使我不免由衷地感叹，决明子真是一味好药！

决明子是一年生半灌木状草本植物，为豆科植物决明或小决明的干燥成熟的种子。它分布于长江以南各省区，就生长于村边、路旁和旷野等处，它的叶子为羽状复叶，夏天开花，有着黄色的小花蕾。

中医认为，决明子味甘、苦，性微寒；入肝、大肠经，具有清肝明目、润肠通便等功效。李时珍在《本草纲目》中评价它“久服益精，轻身”“利五脏明目”。关于它明目的功效，民间还流传着一个有趣的传说：

相传古代有个老秀才，还不到六十岁就得了眼病，看东西不清，走路拄拐杖，人们都叫他“瞎秀才”。有一天，一个南方药商从他门前过，想买屋前的几棵野草，老秀才心想：想不到几棵野草还能值钱，就说：“不卖。”过了两日，南方药商又来了，还是要买那几棵草，这时老秀才门前的草已经长到三尺多高，茎上开满了金黄色的花，老秀才见药商又来买，觉得这草一定有价值，还是舍不得卖。秋天，野草结了菱形、灰绿色有光亮的草籽。老秀才一闻草籽有股清香味，觉得准是好药，就每天用它泡水喝，日子一长，眼病竟然好了，走路也不拄拐杖了。这时，药商第三次来买野草，老秀才就把野草籽能治眼病的事说了一遍。药商这时才说：“这草籽叫‘决明子’，能治各种眼病，长服能明目。”以后，老秀才因为常饮决明子泡的茶，一直到八十多岁还眼明体健，他还曾吟诗一首：“愚翁八十目不瞑，日数蝇头夜点星。并非生得好眼力，只缘长年饮决明。”

唐代诗人白居易在一首叙述自己患目疾的诗中说：“案上漫铺龙树论，盒中虚捻决明丸。”描述了他翻阅眼科专著《龙树论》，服用明目药物决明丸的居家生活。宋代文学家黄庭坚有诗云：“枕囊代曲肱，甘寝听芬苾。老眼愿力余，读书真成癖。”诗人盛赞的是决明子枕清热安神、明目助眠的作用。

现代医学研究也表明，决明子中含有决明子素、大黄酚、大黄素等物质，对视神经有保护作用，可治疗白内障、青光眼、结膜炎等眼疾。决明子水浸液、煎剂还有明显的降血压作用，可用于治疗原发性高血压、肾性高血压，以及高脂血症、动脉硬化等。

由此看来，那些长期伏案工作的人们，特别是患有眼疾、高血压、动脉硬化等疾病的患者，还是常喝喝决明茶吧，常饮决明对强身健体真的是大有益处的。

韭菜

以前，父母在的时候，住在新汶的一个小院里，母亲在院子里种了一畦子的韭菜。在母亲的精心伺弄下，韭菜长得非常地好，碧绿碧绿的，每天早晨，叶子上总是挂着盈盈的露水，散发着韭菜特有的清香味儿。它们朴素安静地生长着，一根一根很认真地排列着，非常的精致，每天看看它们心里就有一种十分清爽的感觉。我也经常帮着母亲给韭菜拔拔草、浇浇水什么的。

韭菜原产于我国，我们的古人对于韭菜早就十分推崇，《诗经·豳风》载：四之日献羔祭韭。《礼记》也说：庶人春荐韭，配以“卵”。意思就是用鸡蛋炒韭黄祭祀祖宗。据《山家清供》载，六朝的周颙，清贫寡欲，终年常蔬食。文惠太子问他蔬食何味最胜？他答曰：“春初早韭，秋末晚菘。”（初春的韭菜，秋末的白菜是最好吃的啦。）这可说是对于韭菜最为理解也是最有风趣的评价了吧。

据《本草纲目》记载：韭菜性味甘、辛，性温，无毒。属百合科多年生草本植物，以种子和叶等入药。具有健胃、提神、止汗固涩、补肾助阳、固精等功效，又名：起阳草。

韭菜是不怕割的，只要种一次，就可以割了又长，长了又割，而且越割越旺。杜甫在《赠卫八处士》诗中说：“夜雨剪春韭，新炊间黄粱。”可见杜老是深懂园艺生活的，这句诗又具有很强的季节感，他说的是“剪春韭”，因为在《本草纲目》中就有“正月葱，二月韭”之说，意思是二月生长的韭菜最适合人体健康，一定要抓住二月韭的机会尽可能多吃韭菜，把身体补好。我们北方人谁不喜欢吃韭菜饺子、韭菜烙饼啊！在生活中韭菜实在是一味价廉物美的家常好菜。

这娇小精美的韭菜，在露水和清风里，朴素本分，安静单纯地生长着，浑身散发着清香味儿齐刷刷地生长着，很认真地把自己排列成整齐的队伍，抑或是一首诗，你看那一排一排的样子，不就是一首清新自然的抒情诗吗？

桃花

当夕阳斜斜地把暖黄的光芒投射在那枝粉红的桃花上，那桃花就如同一簇鲜艳的火苗，燃烧着柔情的晚霞，构成了一幅精美绝伦的画面。在这凝望的瞬间，我忘却了时间，融化在这个意境里。这样的情景，触入了我的内心，我再一次被生命的神奇所震撼，我意识到了这是又一个春天的来临，这是又一次生命轮回的开始，眼前的一切又一次见证了大自然的神奇。

我曾经抵达过这样的意境，那一年的春天，在沂蒙山的桃花峪，也曾在大片鲜红的花海前清新地触摸过桃花的灵魂，也曾经无端地猜想着，这大片的花海是它们组成的合唱团，正在演唱着春天的赞歌，在那花开的声音里，蕴含着人世间的清朗和欢愉。这经典的红，就是

那跳动的音符，又似少女脸上那绽放的红晕，娇艳清馨，恰如她偶一回眸的笑妍，又好似一对恋人的相遇，是那么地热烈而又恒久。

儿时的我，生长在大山脚下，我曾经将一枚吃剩的桃核偷偷地种在山下的泥土里，希望它能长成一棵开满鲜花的大树。几个月后，当夏风吹过麦田，金黄色的麦浪涌入我的视野，就在我播种的地方，我看见我的那株小小的桃树，已悄悄地钻出了泥土，这样的情景给我留下了深刻的印象，已成为我儿时记忆中生动的风景了。也许有人会认为我是在编织一个童话故事，但在我们幼小的心里，谁没有喜欢过童话故事呢？可我要告诉你的是，这是真的。

时间的沙漏不留一丝的痕迹，我那希望的小桃树，在时空之上，如黑夜的火苗，燃烧着，升腾着，与时间保持着默契的距离，在这样的过程中，我的小桃树似乎早已开满了鲜花。

随着年岁的增长，我越来越多的感受着这样的景致，日积月累，内心也变得越来越柔软，对生活也寄予了更加美好的期望。在春天里盛开着众多的鲜花，我选择一束桃花来守望着春天，因为我总觉得只有桃花最能代表春天。

正如一些轻微的感动都是不言而喻的，我对桃花的喜爱，也就多了一份深层次的情感和爱。

紫藤

2003年的时候，家里盖了一套房子，带有一个小院，虽然院子不大，但对于爱养花草的我来说还是满心的欢喜，这样我就可以在小院子里种满花草了。第二年一开春，我就张罗着栽种各种花卉。一日，正碰见园林工人们在路边栽紫藤，我想，要是家里的墙头上也爬满盛开的紫藤花，那该是多么惬意的事呀！于是，就大着胆子向人家要了一棵紫藤，人家倒也爽快，顺手就给了我一棵，我拿回家把它仔细地栽在院子里。从此，我便看着它发芽成长，至今已经是第八个年头了，它早已长得枝繁叶茂，把我家的院墙和大门都覆盖了。每年的春天，在谷雨前后，院墙上便缀满了紫色的藤萝花，在春日的阳光中，灰褐色的枝蔓如龙蛇般蜿蜒盘曲，一串串花絮垂悬在藤蔓之间，紫中带蓝，

灿若云霞，非常地漂亮。我的家便掩映在这花的海洋之中。

紫藤又名藤萝，蝶形花科，紫藤属。是原产我国的著名观花绿荫藤本植物。每年的仲春时节，它便紫穗悬垂，钩连盘曲，攀栏缠架，花繁而香，盛暑时则浓叶满架，荚果累累。《花经》有曰：“紫藤缘木而上，条蔓纤结，与树连理，瞻彼屈曲蜿蜒之伏，有若蛟龙出没于波涛间。仲春开花。”紫藤作为我国著名的大型绿荫藤本植物，历来为人们所喜爱。李白就曾有诗云：“紫藤挂云木，花蔓宜阳春，密叶隐歌鸟，香风流美人。”生动地刻画出了紫藤那优美的姿态和迷人的风采。难怪古往今来的文人雅士们皆爱以其为题材咏诗作画了。人们在庭院中用其攀绕棚架，制成花廊，或用其攀绕枯木，有枯木逢生之意。还可做成姿态优美的悬崖式盆景，置于高几架、书柜顶上，繁花满树，老桩横斜，也是别有韵致的。

在观赏的同时，紫藤花还可提炼芳香油，并有解毒、止吐泻等功效。它的茎叶也可供药用，其根、种子均可入药。它味甘，性微温，有小毒。紫藤皮还具有杀虫、止痛、祛风通络等功效。

此外，紫藤花还可供食用，在河南、山东、河北一带，人们常采紫藤花蒸食或者裹面油炸，制作“紫萝饼”“紫萝糕”等风味面食。在民间，常把紫藤花当做下酒菜，十分地清香味美。

在斋宴之中，紫藤花也是堪比素八珍的美味，食用紫藤花的风俗一直绵延传承至今。以前北京的著名特产——藤萝饼和一些地方的“紫藤糕”“紫藤粥”及“炸紫藤鱼”“凉拌葛花”“炒葛花菜”等，也都是加入了紫藤花做成的。

一直以来我都坚信，世间万物皆有灵性，否则人类怎会感受到鸟语花香之灵气呢？紫藤花开在春天里，是那种能够让人心绪平静的花，她的紫意给人一种沉静的美感，难怪人们说她的花语是沉迷的爱。我感觉她就像是一个陷入爱中很深的人一样，带着醉人的恋情和依依的思念，就好似在冬日和暖的阳光里睡了个甜甜的午觉，醒来后，便枝头上挂满了微笑，这微笑又是那么地恬静。也许是她在梦中见到了心上的人，她的花才开得那么地慵懒，那么地心事缠绕。

杨絮

恍惚间，时间就溜到了四月底，一不小心一年又过去了三分之一。这期间，我曾多次想写点东西，可是坐在电脑桌前思忖良久，却想不起该写些什么，有时候觉得可写的东西很多，可到了自己真的想写点东西的时候却又无从落笔了，不知是否我已没有了写作的激情？

想起古人的那句话：“春天不是读书天”。是的，四月的天气是绝好的游玩时间，处处绿意，到处都彰显着蓬勃的生机，我还怎能坐得住呢？

这个时节也正是杨絮纷飞的时节。春风拂面，万物抿绿，杨絮轻舞。艳阳下，它们随风游弋着，漫天招摇，宛若鹅毛的“雪”洒满天际，形容它们是漫天飞“雪”一点不为过，漫天飞舞的杨絮虽然看起来像

“雪花”一样的浪漫，但也让人叫苦不迭。杨絮容易引起上呼吸道过敏，被吸入鼻腔后会打喷嚏、流清涕、浑身发痒、眼结膜发红等反应，还会引发咳嗽、哮喘、鼻炎等症状。因此患有哮喘病、过敏体质者应尽量减少外出，在外活动时要做好防护工作。

虽然杨絮有这么多的坏处，但也不是没有一点好处的，杨絮是杨树开的花，杨树在进化中选择通过风力作为传媒来繁衍，这样杨树就能够更为广泛地传播，而不至于都生长在一个地方，影响光合作用。据说它还具有药用价值，据《本草纲目》记载：杨絮具有清热解毒、宜肝明目等功效。

我们这里的天气最好莫过于四月中旬到五月上旬的这段日子，倘若没有沙尘便是绝好的游玩时间，唯一的遗憾便是这随风飘飞的杨絮，原本就干燥的天气，漫天飞舞的杨絮总喜欢附着在衣服上，让人生厌。

就如是这纷飞的杨絮，心情有时真的是无言的，常常在寂静的夜里回忆起过去，那种感觉让你的心情很纠结却又找不到合适的词语去形容。岁月千转百回，却带不走心里的那份怀念和曾经对往事的追忆。

我们这些极普通的人，过着平凡的生活，年轻的时候目标很绚丽，也很诱人，随着年纪一天天变大，生活也变得像一杯白开水，淡而无味，不想平庸而又不得不平平庸庸。这样的生活有时很是无聊，不免让人想东想西。我知道，这样不好，总之就是一片乱糟糟，脑子，身体，情感——一切的一切都是如此。

夜晚，独自躺在床上，睁着一双眼睛注视着天花板，意识完全地空乏，那一刻我感觉是那么的安静。我很喜欢，很喜欢这样的独处，安静得很。身边没有打搅，很是舒服。可是我又是极度害怕孤独的，这时我是感觉孤独无助的，我就是这样，既好静，却又害怕孤独。

平凡的生活没有错，错误的是我们对待生活的黯然的态度。年轻时自己曾用的座右铭，现在依旧经典。时光如斯，平淡依旧，生活在继续，可是我的激情呢？莫不是也如这飘飞的杨絮，早已随风而逝了？

杜仲

杜仲是一种落叶乔木，高可达 20 米，树形整齐，枝繁叶茂，春天开花，树皮灰白，折断树枝可见银白色胶丝。它是我国的特产，全世界仅有一种，是我国珍贵的保护植物。据研究，它是遭第四纪冰川摧残而幸存的植物之一。

关于杜仲这一名称的来历，还有一段凄美的传说：

很多年以前，湖南洞庭湖货运主要靠小木船运输，船上拉纤的纤夫由于成年累月低头弯腰拉纤，以致积劳成疾，他们当中十个有九个患上了腰膝疼痛的顽症。有一个青年纤夫，名叫杜仲，他心地善良，一心只想找到一味药能解除纤夫们的疾苦。为了实现这一愿望，他告别了父母，离家上山采药。

有一天，他在山坡上遇到一位采药老翁，于是满心喜悦地走上前拜见，可老翁头也不回地就走了。杜仲心急如焚，屈指一算离家已经三七二十一天，老母所备的干粮也已吃光，可至今希望渺茫，于是，他又疾步追上前去拜求老翁，并诉说了纤夫们的疾苦。老翁感动泪下，赶忙从药篓中掏出一块能治腰膝疼痛的树皮递给杜仲，指着对面的高山叮嘱杜仲："山高坡陡，采药时可要小心性命啊！"

杜仲连连道谢，拜别了老翁，又沿山间险道攀登而去。半路上，他又遇到一位老樵夫，老樵夫听说杜仲要上山顶采药，连忙劝阻："孩儿，想必你家还有老小，此山巅天鹅也难以飞过，猿猴也为攀缘发愁，此去凶多吉少啊……"杜仲一心要为同伴解除病痛，毫不动摇，他艰辛地爬到半山腰时，只听见乌鸦悲嚎，雌鹰对着雄鹰哀啼，好像也在劝他快快回去。杜仲身临此境，真是心慌眼花，肚子也饿得咕咕作响，突然一个倒栽翻滚在山间，万幸的是身子悬挂在一根大树枝上。过了一会儿，他清醒过来，发现身边正是他要找的那种树，于是拼命采集。但终因精疲力竭，又昏倒在悬崖，最后被山水冲入缥缈的八百里洞庭。

洞庭湖的纤夫们听到这一噩耗，立即寻找，找了九九八十一天，终于在洞庭湖畔一山间树林中找到了杜仲的尸体，他手上还紧紧抱着一捆采集的树皮，纤夫们含着泪水，吃了他采集的树皮，果真腰膝疼痛都好了。为了纪念杜仲，人们从此就将此树皮正式命名为杜仲。

李时珍在《本草纲目》中也称杜仲树的名字是来源于人名。这都充分说明了杜仲很早便被人们所推崇。据《本草纲目》载："杜仲皮色紫，味甘微辛，其性温平，甘温能补；微辛能润，故能入肝而补肾。盖肝主筋，肾主骨，肾充则骨强；肝充则筋健，能使筋骨相著。治腰膝酸痛，安胎等症。"

玫瑰

不得不承认西方文化的强大，它们已经无孔不入了，就连最典型的西方“情人节”也早已被我们的年轻人所接受，每年的“情人节”，年轻人所表现出来的热情似乎比过年还要高，大街小巷都能看到他们手捧玫瑰，满脸幸福的样子。就连我那已经不年轻的妻子也经不住诱惑，三番五次地和我嚷着人家谁谁谁都买玫瑰啦，一副不达目的不罢休的模样。我也就只好学学年轻人给妻子买了一束玫瑰，以讨她的欢心。花买回来之后，妻子很精心地插在花瓶里，放在客厅的窗前。

在西方文化中，玫瑰象征着美丽纯洁的爱情，人们把它作为爱情的信物，是情人间首选的花卉。可我一直以为，太美的东西往往会使人的心不得安宁。玫瑰就属于那种长得太美，美得实在过分、美得不

近人情、美得让人心碎，又香得使人迷惑的花。

读了些书才知道，“玫瑰”最初并非花名，“玫瑰”这个词在《康熙字典》中指的是“彩色石头”，尤其是红色石头。《说文》中有：“玫，石之美者，瑰，珠圆好者”。就是说“玫”是玉石中最美的，“瑰”是珠宝中最美的；当这种花引进时，人们认为它太美了，而那些好听的名字都已取给其他花朵了，所以才把这种花叫做“玫瑰”，后来便流行开来。

玫瑰原产于东方，但如今大概已遍布全世界，由于花香优雅，它还是药苑中的良药，玫瑰花蕾具有行气活血的功效，常用于胸胁胃脘胀痛、经前乳房胀痛、损伤瘀阻疼痛以及消化不良、月经不调等症。《本草纲目拾遗》说：“玫瑰纯露气香而味淡，能和血平肝，养胃宽胸散郁。”

其实，玫瑰并不娇贵，它对生长条件的要求十分低，耐贫瘠，耐寒、抗旱，很多园林甚至直接就用攀缘玫瑰做花篱，管理得相当粗放。玫瑰还是保护土壤、保持水土的良好植物。此外，因其香味芬芳，袅袅不绝，玫瑰还得名“徘徊花”；明代有一首《竹枝词》就盛赞玫瑰：“隙地生来千万枝，恰似红豆寄相思。玫瑰花开香如海，正是家家酒熟时。”因此，玫瑰花所展现出的绝非是韶华易逝的悲情贵妇之态，而是一种隐藏于坚韧中的绝代风华。这就好像是一位绝代佳人，是不需要太多的修饰的。

几天后的一个黄昏，我走到客厅的窗前，不经意地发现那插在花瓶中的玫瑰花已经凋落了，花瓣掉落了一地，只剩下些残瓣悬挂在枝头上，散发出颓靡而荒凉的气息，昔日那馥郁的香气也早已随风而去了。无端地就想起“香消玉损”“明日黄花”等等一些词，不禁生出些许悲凉来，望着凋零的玫瑰，惆怅了好一阵子，我宽慰着自己，落花总是难免的，它是在绚烂之极归于平淡了，任何鲜花不都是这样吗，当开放时就要开放，当落花时就要落花，毕竟是曾经美丽过了。

想起一句名言：“生如夏花之灿烂，死如秋叶之静美。”这也是一种境界吧。

小蓟

对于我们这些出生在六十年代的人来说，童年是绚烂的。但是，由于物质的贫乏，那时候我们的小脸都很菜色，于是，饥馑的童年便结识了很多的野菜，那时庄稼凋零，野菜却璀璨，什么苦菜、芨芨菜、荠菜、仁生菜、灰菜、扫帚菜、婆婆丁……各种野菜长满我们的童年，野地里、山坡上、阡陌边，童年与野菜依稀，故乡的野菜就在我的童年里芬芳着。若干年后，这些野菜依旧水灵鲜活，晔然在我的脑海之中。

记忆深刻的是那种在叶子边缘生有细密刺齿的萋菜，在我们老家也叫萋萋菜、青青菜，或刺儿菜等，后来才知道它的学名：小蓟。

至今还清清楚楚地记得，那时，在田埂边、地头旁、山坡上，到处都可见它的倩影。春天一到，萋菜便悄悄地钻出地面，先露出一个小尖尖角，两三天后长出两个嫩叶，待长到三四个叶时便可采食，等到长出五六个叶时它的小刺还很嫩很软柔，这时采食最佳。萋菜味美叶嫩，可烹炒、煮食，也可做粥，最好吃的是做成渣腐。就是把叶子洗净，擦烂，擦干，剁细，放上豆面焙馇即成。还没出锅，便已清香扑鼻，此时你扒上两三碗，保管会连声叫好。等到萋菜再长高，便渐渐老了，老后刺尖扎手，已不可食用。萋菜在每年的五六月间开花，紫红色，形状钝陋，气微，味微苦，此时的它已无人吃也无人欣赏了。

萋菜学名小蓟，还是一味中药：味甘、微苦、性凉，可以止血。记得小时候在坡里玩耍，谁鼻子流血了，拔上几棵萋菜揉碎，捏出汁液，塞进鼻孔就可以止住；手指划破了，涂上点萋菜汁就行。《本草纲目》云，小蓟“根养精保血，治热毒风，并胸膈烦闷，开胃下食，退热，补虚损。苗去烦热，生研汁服。做菜食，除风热，夏月热烦不止，捣汁半升服，立瘥”。朱橚在《救荒本草》中也有记载：“出冀州，生平泽中，今处处有之，油盐调食，甚美。除风热。”真是想不到，童年的萋菜还有如此之药效。

过去，咱老百姓吃野菜只是为了果腹充饥，艰苦度日。而现在，崇尚自然追求，清淡饮食已经成为社会的时尚和生活的潮流，茹素淡食野菜是为了避腥荤，去高脂，减肥腻，延年益寿，提高生活的质量。

萋菜，带有一种园种蔬菜所缺少的独特清香，之所以受到世人的青睐，是因为它绿色、环保、自然、原生态。野菜之味在野，在质朴，在本真。

鱼腥草

那一年的夏天，我出差来到浙江省的东阳县，当时正值下雨，到处雨雾朦朦的，道路泥泞，我们的车子在溪边的小路上跋涉着。隔着雨帘，我注意到，在溪边对岸的山坡上一大片的翠绿在整齐地生长着，烟雨之中，似乎有几个头戴斗笠的姑娘在地里忙活着，是那么地好看。我好奇地问了一声同行的当地人老王，他看了一眼对我说：那是鱼腥草，在我们这里很常见。鱼腥草？我心里说，多么奇怪的名字。老王见我很好奇，便给我介绍起来：

话说当年越王勾践做了吴王夫差的俘虏，勾践忍辱负重假意百般讨好夫差，方被放回越国。传说勾践回国的第一年，越国碰上了罕见的荒年，百姓无粮可吃。为了和国人共渡难关，勾践翻山越岭寻找可以食用的野菜。后来，他终于发现了一种野菜，而且生长能力特别强，总是割了又长，生生不息。于是，越国上下竟然靠着这小小的野菜渡过了难关。而当时挽救越国民众的种野菜，因为有鱼腥味，就被勾践命名为“鱼腥草”了。

鱼腥草原名蕺菜，因在它的新鲜净叶中有一股浓烈的鱼腥气，不耐久闻，故以气味而得名。其实，把它阴干后，不但没有腥气，而且微有芳香，在加水煎汁时，还会挥发出一种类似肉桂的香气。鱼腥草还具有良好的清热解毒作用，它是治疗肺痈（肺脓疡）的要药，有清热解毒，消痈排脓、利尿通淋的功效。

鱼腥草广泛分布在南方各省区，常生长在背阴山坡、村边田埂、河畔溪边及湿地草丛中。它还是一种比较常见的野生蔬菜，当地居民大多喜食之，自古以来民间就有将其凉拌、煲汤等多种吃法。

近年来，由于受“回归大自然”“药食同源”之风的影响，民间采挖鱼腥草作为特色山野菜食用之风渐盛，并已经出现了人工种植，乡亲们将鱼腥草成片地种植在山坡上，早已形成了一定的规模，就像我们看到的这样。

黄昏时分，汽车在山坡上停了下来，此时雨已停歇，我走下车，远远地望过去，只见对岸山坡上大片的鱼腥草青翠欲滴，染绿了整个山坡，黄昏的风轻轻地吹来，满山坡的鱼腥草随风摇曳着，宛若湖面上泛起的清波。我想，随着黄昏的临近，山间也会渐渐地昏暗起来，鱼腥草们也该沉沉欲睡了吧。

驴打滚儿草

忘了是几岁时的事了，那时，每到盛夏时节，炎炎的烈日，在一弯小河塘边，路过的人们会经常看到，几个泥猴似的顽皮少年正在河塘里弯着腰摸鱼玩儿，他们弄了一身的泥巴，嘴里还快活地嗷嗷叫着，衣服和鞋子全部都扔在河塘边的草地上。

那时的孩子们还没有什么娱乐项目，暑假里，就这么整天的在外面野着。每当回到家里，父母都会骂上一句："又在哪儿弄的一身的泥巴呵？就跟驴打了滚儿似的。"

那时，到处还都是土路，路两旁开满了各色的野花，有黄的、白的、红的，到处都是，其中尤以黄色的小野菊花最多，我们每天就背着书包在这样的路上走着去上学。

我最初在草原上看到驴打滚儿草还以为是小野菊花呢，因为它们确有几分相像，都是头顶一朵黄色的小花，瘦瘦小小的样子。当地人说这叫驴打滚儿草，我一听就笑了，这名字也太特别啦。一打听方知，它之所以叫这个名字就是因为它的适应性特强，好活，它还真就属于菊科植物，又叫还阳参，就生长于山坡、路旁。人们在夏、秋时节将它们采收起来，洗净切碎，晒干了用，它具有益气，止嗽平喘，清热降火功能，可治疗老年性慢性支气管炎、肺结核等症。

回忆是上了岁数人的专利。少年时的一幅幅图画，早已经深深地烙印在了我的心里，它们是我童年的底色。如今，它们早已经成了我的背景了。

荻草

萧瑟秋江荻花飞，清冷月色使人愁。这是荻草所带给我的意象。荻草是禾本科水陆两生植物，生长于湖泊江岸等低洼地带，对于改善土壤，调节气候、恢复生态环境起着非常重要的作用。它的根茎还可以入药，具有抗衰老的作用。荻草与芦苇长得很相像，只是荻草更加的小巧，纤细一些。

秋日，是荻草开花的季节，也是荻草最美的时节。在秋日清冷的夕阳下，河畔水洲上的荻草盛开着一派白茫茫的芦荻花，秋风吹过，苍苍茫茫的，带给人一种说不清道不明的愁绪和萧瑟之感。所谓“蒹葭苍苍，白露为霜”就是说的这种意境，这也正是暮秋时节所特有的景色。

公元766年，五十五岁的杜甫为避战乱从成都前往湘鄂，漂泊至四川的夔州，没想到在此滞留了两年，面对着“国破山河在”的悲怆和有家不能回的凄凉，在深秋时节，诗人望着江边苍茫的荻草花，悲愤地作了一首诗：

夔府孤城落日斜，每依北斗望京华。
听猿实下三声泪，奉使虚随八月槎。
画省香炉违伏枕，山楼粉堞隐悲笳。
请看石上藤萝月，已映洲前芦荻花。

从日落到深夜，诗人伫立在江边，遥望长安，听猿坠泪，心生伤感。诗人把暮秋的景色与他那惆怅的心情交织在一起，沉郁顿挫地表达了他安史之乱后流亡颠沛的生活，也生动地反映了那个时期的社会现实和广大劳动人民深重的灾难和痛苦。荻草，这种生长在水边的草本植物，也由此进入了诗的历史。

秋日的黄昏，芦荻花在秋风中摇曳着，带给人的是苍凉之感和无端的愁绪，这愁绪里有着人生境遇的寥落和凄凉。这境界，是在清虚寂寥之中隐含着的一种悲凉和哀怨。

当秋日的余晖渐渐地从苇荡上空消匿，薄雾便开始笼罩着一切，芦荻花也变得一片的迷离起来。

茯苓

秋天的黄昏，日子寡淡，夕阳宁静。闲坐于小院里，望着自己种的几盆正开着花的中草药，微风过处，花瓣飘落，铺就小院的荫凉。这样的场景，不仅让我想起古人用中药名写的一些句子：“槟榔一去，已过半夏，岂不当归耶？谁使君子，效寄生缠绕它枝，令故园芍药花开无主矣。”中药就是这样的唯美，单就这些名字，就已精致绝伦，就令人心旷神怡。有时会感慨，现代人真不如古人过得富有诗意，对大自然中草药的美，古人其实早就懂得。

这些花花草草们，生就带着各自的情感而来，温文尔雅，不强悍，也不张扬，且字字闻香。生活就需要这样去品味，生活的节奏也并不是越快越好，有时就是要慢下来用心地去揣摩。

不多言罢，且说茯苓，茯苓自古便被视为“中药八珍”之一。人们知道茯苓这个名字，多半是对《红楼梦》中“牛奶茯苓霜”的印象。其实，茯苓除了外用以外，还是一味珍贵的中药材，它具有延缓衰老、宁心安神等功效。古人称茯苓为“四时神药”。营养学家曾对慈禧太后的长寿补益药方进行过分析，发现她常用的补益中药共64种，使用率最高的一味中药就是茯苓。在《神农本草经》中茯苓被列为上品，称其“久服，安魂养神，不饥延年”。

茯苓为攀缘灌木，寄生于林中松树下，枝条光滑，叶片为薄革质，窄椭圆状披针形，雌雄异株，花绿白色，浆果球形，成熟时紫黑色。其根部为菌类植物，形状像甘薯，由无数菌丝组成。它性味甘淡，具有利水渗湿，健脾和胃、宁心安神的作用。

在生活中我们常见的有茯苓饼、茯苓膏、茯苓粉等。就说茯苓夹饼吧，它是一种具有滋补性的传统名点，营养丰富，口味鲜美，具有滋养肝肾，补气润肠之功效。

宋代大诗人陆游曾在《纵笔》一诗中描写过茯苓：

百尺松根结茯苓，千年长养似人形。
谁知金鼎烹初熟，恰值山翁醉欲醒。

无独有偶，和陆游同时代的高僧释智愚也曾写过一首赞美茯苓的诗：

有问自知无答处，却将柏树当门庭。

摇风摆雨经年久，不似松根有茯苓。

古人的诗情真是好，不得不让人佩服，字字句句如清苦的药，凛冽精致，带着草药本身的意境之美。这样的浪漫情怀，就是过去了几百年的岁月，亦不会变老。

看着满院的花草在寂寂地开放，秋风微凉，花落缤纷。恍恍惚惚地，竟忘了时间，想着想着，在这重重叠叠的秋日黄昏里，不知不觉地竟睡着了。

醒时已秋光煌煌，这大好的时光呵，就这么在不经意之间溜走了。

胡杨

长久以来，我们都仰慕于胡杨的神奇，多少次我凝视着胡杨树的照片，心生敬意。它生长在最恶劣、最残酷的戈壁荒漠之中，在那里，生命都望而却步，植物更是少见，那里没有青山，也没有绿水，只有胡杨屹立于沙海之中，扎根于戈壁滩上。没有一种植物可以那么持久地坚守在一片既贫瘠又干涸的沙漠之中，忍受着千百年来的寂寞与孤独，这样的生命是何等地坚韧和顽强！

源于这样的缘故，在辛卯年的金秋十月，我们几位摄影爱好者驱车二千多公里，专门前往内蒙古的阿拉善盟额济纳旗拜访这“英雄树”。

早上4点半我们就从银川出发，翻过贺兰山进入大漠地区。渐渐地，植物越来越少，连草也看不见了，满眼都是荒凉的戈壁大漠，当我们

走进这荒漠深处，才真正领略到了什么是苍凉壮阔的风景。这是进入大漠的唯一的一条路，荒凉至极，有的地方真是寸草不生，到处是沙丘、戈壁、沙丘、戈壁……就这样，在这茫茫戈壁中颠簸了一整天，直到下午5点半左右，我们才终于走出了戈壁，见到了久违了的绿色和河流，那一刻，我们都兴奋地大声呼喊起来，我们终于到达了额济纳。

尽管我早有心理准备，但是，当那辉煌的胡杨林映入眼帘的那一刻，我还是被深深地震撼了。这是一片金色的海洋，它黄得是那么的富丽堂皇：金色的叶子黄得干脆，黄得一尘不染，黄得光彩照人，还有那苍劲的树干，再配上蓝天白云，真是美得让人惊叹。

金秋的胡杨林斑斑斓斓，如潮如汐，无边无际，美得使人目炫，美得让人觉得不够真实，金色的叶片飘飘洒洒，大地上如铺上了一块金色的地毯，给人的感觉是那么地辉煌凝重，超凡脱俗，恍若进入了金碧辉煌的殿堂一般。

在额济纳的两天中，我感受到了一种从未有过的震撼。就像着了魔一般的茶不思饭不想，不知疲倦的在胡杨林中到处穿梭着、拍摄着、感叹着，只恨自己相机的容量太小了，没有把胡杨的美景全部拍下来，又恨自己没有早来两天，那样的话我就会把额济纳的胡杨林都看个遍。

胡杨树的美丽让人惊奇，胡杨树的顽强更让人叹服。胡杨树是最古老的树种，有着活化石之称，它是那样的神奇。千百年来，它饱经沧桑，任凭沙暴肆虐，任凭干旱和盐碱的侵蚀，以及严寒和酷暑的打击而顽强地生存着，用不屈不挠的身躯阻挡了沙尘暴对绿洲的侵袭，组成一条雄伟壮阔的绿色长廊，创造了“丝绸之路”的文明。

人们这样赞美胡杨：活着昂首一千年，死后挺立一千年，倒下不朽一千年。在胡杨三千载的生命中，人的一生又是多么的短暂，什么样生命力能和胡杨相比？胡杨的执着、坚韧、顽强、不屈、信念和意志，难道不能给我们带来一些启示吗？

真是不见大漠不知天地之广阔，不见胡杨不知生命之辉煌。

米兰

秋日的时光似乎总是那么地细碎，就像是这细小金黄的米兰花，清香四溢，沁人心脾。阳光落在地上的碎影，也是斑斑驳驳的，给人带来些许的凉意。我坐在书桌前，一边看着书，一边喝着茶，尽情地享受着这静谧的时光。

在这个季节，在花园的转角处，会不经意地看到几棵细小的米兰花，初秋，也是米兰成熟的时节，撒落了一地金黄色的小米粒，正幽幽地散发着清新的气息，细细地嗅一下，会发现它是那么地清香，那么地幽雅，它的花香有着一种含蓄的美，我喜欢这种略带含蓄的清新的气息。

米兰是常绿灌木或小乔木，它性喜温暖，分为大叶米兰和小叶米兰。小叶米兰的花还可熏制茶叶，提取香精，亦可食用。

它的花、枝、叶均可入药，其性平和，有行气解郁、疏风解表、清凉宽中、醒酒止渴等功效。它的枝、叶还有活血化痰、消肿止痛的作用。正如古人在诗中所称赞的那样："瓜子小叶亦清雅，满树又开米兰花，芳香浓郁谁能比，迎来远客泡香茶。"

米兰的清香是素净的，正是我喜欢的。她的花是娇小的，安静的，有点朴素，有点羞涩，所以我喜欢。我喜欢米兰花身上那种朴素的味道，就像我也喜欢有点羞涩，有点朴素的人。

米兰的素雅似兰花，有着宜人的清香，很具有风情，恰似一个姣好的女子，娴静而又温暖，又有点絮叨，会让你静静地倾听，然后你在心底里说：知道了。因为她说的每一句话都是一些让人很安心的话语，温馨的就像这米兰花。

在这氤氲的气氛里，天色渐渐地暗了下来，坐在灯光下，看看书，再看看客厅里我那盆养了十几年的米兰花，心里逐渐有了一阵阵的触动，合上书页，抬头望一眼外面的一片朦胧，不知怎的，就有些无端的思绪轻轻地落在了心头，渐渐地，会有点失神，然后，就无法去掉了似的。

丝瓜

丝瓜是菜中美女，你看它，身材苗条细长，头戴一朵小黄花，身穿碧绿长裙，高高地挂在枝条上，娇娇嫩嫩的，那是人见人爱，花见花开。

丝瓜吃的又是青春饭，在它“青春”之时，细细嫩嫩的，很是让人爱怜。那些买丝瓜的，也都是些“好色”之徒，专拣细的嫩的挑，经过一番挑拣之后，剩下的就都是些老的、矮的、蔫的了。

古籍《学圃杂疏》记载：“丝瓜，北种为佳，以细长而嫩者为美。性寒，无毒，能消痰火，解暑除烦，其凉可知矣。”作为一种蔬菜，丝瓜起源于热带亚洲，原产于印度尼西亚（另有一说，原产印度）。大约在宋朝时传入中国，成为人们常吃的蔬菜。

在整个夏天，丝瓜似乎都沉醉于生长的快乐之中，你看它拖着一条长长的秧子，沿着树木，沿着墙壁，沿着它所碰到的一切，努力地向上爬着，就像一个攀岩者，手脚并用地向上、向上，努力地向上爬，它爬地是那么的一心一意，都来不及梳理一下那枯涩纠结的长发，它在夏日的阳光里迎着太阳向上攀缘着，再一路盛开着它那娇艳的小黄花，然后结出绿油油的丝瓜，将它们一条一条地挂在风中，让人们仰视着，欣赏着，它就这么把美丽绽放在高处。这多么像是 T 型台上的模特儿，个个貌美如花，身材苗条，美艳绝伦。正如诗中所云：

黄花褪束绿身长，白结丝包困晓霜。

虚瘦得来成一捻，刚偎人面染脂香。

难道，它只是为了开花，只是为了把丝瓜高高地挂在风中，好让人们欣赏才努力向上爬的吗？我不得而知。

也许，它有着美丽的梦想，对美的追求和对生活的渴望才是它的天性。它是想让更多的人在欣赏美的过程中看到阳光的灿烂，听到人性的美妙，感到生活是多么的美好。缘于这样的梦想，它才努力地向上攀缘着的吗？

可是，美又是那么地脆弱，它经不起时间的打磨，美的东西之所以动人，是因为它最终都要走向衰老，走向毁灭。比如丝瓜，比如美人。

这是一种悲情，这种悲情会让人心生柔软。

紫薇

搬到这个小区里来已经好几年了，在我的楼前有个很大的花坛，花坛里种了许多的花，有月季、枫树、还有竹子啥的，其中有几棵挺拔秀美的树，长着圆圆的叶子，光滑的树干，特别是它那一树艳丽的繁花，会自夏一直开到秋，烂漫不绝，有紫色的、粉红的、还有大红的，非常地好看，并且经久不衰。我有些好奇，就问人家这是什么树？人家告诉我这是百日红。我问为啥叫这名？人家说可能是因为它花开时间长的缘故吧。

有一天，一个偶然的机会，我忽然发现，原来每天在我家门前盛开的百日红就是大名鼎鼎的紫薇花呀！哈哈，都是电视剧《还珠格格》惹的“祸”呀，谁让那个小紫薇那么出名呢？从此以后，我就对它留

意起来，每天从它跟前走过都会看看它的花色，瞅瞅落了多少花，又新开了多少？还时常的拿着照相机为它拍照，时间久了还真积累了不少的相片，有清晨的、有傍晚的、有阴天的、雨天的、还有晴天的，等等。

有时闲来无事，喜欢一个人安静的站在树下，看那花开花落。阴天的时候，风中夹带着些许的湿气，大约哪里下雨了吧？那股潮乎乎的湿气把地上的嫩草都打湿了，绿莹莹的草在风中摇曳着，落在地上的花瓣儿也在风中翩跹起舞，我就漫步在这静谧的时刻里。

秋雨还是来了，一场秋雨过后，一树的繁花被雨水打落，粉红的花瓣落满一地，我不忍去踩那飘落的淡粉色的花瓣，久久地站在树下，眼见花瓣被风雨无情的打落，我似乎听见了她痛哭的声音。

看着花瓣飘零，倾听着花落的声音，我想，落花自有落花的景色，既然选择了花开，那就是最完美的绽放；既然选择了花落，那也是为又一季的繁华所做的铺垫。美丽的紫薇花，她芬芳一世，既然无法抗拒生命即将结束，飘落入地，也会在风中翩跹起舞，无怨无悔地微笑着走向结束，微笑着落地成泥吧。

这是生命的轮回，当你看淡了天边的云卷云舒，悟透了庭前的花开花落，再怀一颗宁静的心来体会它们，那么绽放与凋零也就没有啥区别了。

打碗花

小时侯，在我家门口不远处有一条土路，土路两边开着各色的野花，从春天到秋天，它们一茬接一茬地开着。我们每天都从它们身边经过，谁也没有注意过它们。

有一次，我们几个顽皮的小孩子在那儿嬉戏打闹，我被追逐着滚到了一丛野花的旁边，偶然发现那野花开得有些异样，粉红的花瓣连在一起，形成一个浅浅的小碗，在花的中心还趴着几只蜜蜂和蚂蚁。我想，这是多么有趣的花呀！我就伸手去摘那花儿。

一个小伙伴见了，对我大声地喊："别摘，别摘，那是打碗花。谁摘它，它就叫谁打破饭碗。"

我被吓住了，将信将疑地看着他，只见他的脸色是郑重其事的。

从那以后，我便注意起这种花来了，过了一些时候，小伙伴的警告也逐渐地淡忘了，而好奇心却强烈地鼓动着我，想要看看打碗花究竟是怎样让人打碎碗的。

吃饭的时候，我把一束打碗花藏在衣袋里，端起碗，一声不吭地吃着饭。我的心忐忑不安，真担心手里的碗像变戏法那样突然间就碎了。但一顿饭吃完，那碗却安然无恙，丝毫也没有要破的迹象，我的心终于放下来了。

虽然我没有打破饭碗，却让我想起了另一件事：那时家里很穷，平时很少能吃到肉，有一回妈妈炒菜时放了几块肉，爸爸妈妈都舍不得吃，而我和妹妹都抢着吃，一不小心便将一小块肉掉到了地下，可妈妈并没有责怪我们，而是一边说着："可惜了吧。"一边捡起来洗了洗吃了。这使我知道了食物的来之不易。

后来听老人们讲，打碗花还具有药用价值，它能调经活血、滋阴补虚，用于脾胃虚弱、消化不良等症。但我仍不明白，人们为什么要给它起这样一个怪名字呢？那原本是一种美丽、可爱的花呀！

如今，已界不惑之年的我对打碗花的认知才逐渐接近了它的本质与真相：在那些贫寒的年代里，人们家家都很穷苦，穷得连一只多余的碗都没有，所以，一种常见的植物便被拿来赋予它以教导和劝诫的意义了。

打碗花就像是中国农村的一处小小伤口，隐藏着人们许多的伤痛和秘密。

辣椒

曾经看过一幅画，忘记了是谁画的，很有意思，画的是一个鲜红鲜红的辣椒，再一看画题，我不说，你很难猜得到，我看到这幅画后先是一愣，继而是捧腹大笑。他的画题竟然是“王熙凤”。笑过之余，连竖大拇指，真是佩服作者的风趣与幽默。大家都知道，《红楼梦》中的王熙凤是以“凤辣子”而闻名的，这个人物的性格很复杂，因此也很难画，往往会顾此失彼，而这位画家准确地抓住了凤姐这位“泼辣货”的最大特点，避实就虚，谑而不虐，以一个红辣椒就揭示了人物的性格，真是令人叫绝。

你以为我要说《红楼梦》了，其实不是，我要说的是辣椒，因为这让我想起了小时候在自家小院里种过的辣椒，以及曾经拥有小院的

岁月。在我们农村老家，家家都有个小院，院子里都种着几棵树，有的人家还种了花卉和蔬菜，我们家的院子里就被妈妈种上了蔬菜。在我的印象中，妈妈每年都要种一畦子红辣椒。在妈妈精心地侍弄下，那一畦子红辣椒长得健康茁壮，开着白色的花朵，长出红色的辣椒，特别地漂亮。辣椒花开的时候，会吸引来很多的蝴蝶，有白蝴蝶、黄蝴蝶还有花蝴蝶，我老是想抓几个玩，就追着它们跑。有一年，家里的老母鸡孵了一窝小鸡，老母鸡便“咕咕咕”地带着它的孩子们满院子的觅食，妈妈种的蔬菜就成了它们啄食的目标，辣椒的花朵还没有长开，叶子已被它们啄食得干干净净，任凭我们怎么呵斥都没有用，最后，爸爸只好弄了个大笼子将它们全都关在了里面才算完事。

秋天的时候，辣椒全都红了，一嘟噜一嘟噜的，藏在碧绿的叶子中间，很是好看。妈妈便把它们全都摘下来，用一根线串起来，放在一块干净的水泥板上晾干，我问妈妈，为什么要晾干呀？妈妈说，留待冬天炒白菜和萝卜还有肉吃呀。我一听说有肉，哈喇子就会流出来，因为那时很少能吃上肉。

时光飞逝，一晃三十多年过去了，对我来说，这样的日子也早已经走远，只留在了温暖的记忆之中。

白菜

说起崧，很少有人知道是什么，但要说起大白菜，就几乎没有人不知道了。其实，崧就是大白菜，只不过崧是古人的说法，我们现代人叫白菜，可我以为白菜这个名字过于直白，还是古人的叫法文雅了许多。古人为什么管白菜叫做菘呢？梞大医学家李时珍说："菘，凌冬晚凋，四时常见，有松之操，故曰菘。"

白菜是我国的原产蔬菜，有着悠久的栽培历史。据考证，在我国新石器时期，西安半坡原始村落遗址发现的白菜籽距今约有六千年至七千年，《齐书》中有"晔留王俭设食，盘中菘菜（白菜）而已"的记述（《武陵昭王晔传》），同时期的陶弘景说："菜中有菘，最为常食。"唐朝时已选育出白菘，宋时正式称之为白菜。宋代苏颂说：

“扬州一种菘，叶圆而大……啖之无渣，绝胜他土者，此所谓白菜。”白菜还有一定的药用价值，古代医书《名医别录》里说：“白菜能通利胃肠，除胸中烦，解酒毒”。

白菜还有着“菜中之王”的美誉，据说这还是齐白石老先生提出来的，齐老有一幅写意的大白菜图，并题句说：“牡丹为花中之王，荔枝为百果之先，独不论白菜为蔬菜之王，何也？”于是“菜中之王”的美名便不胫而走，并流传开来。

白菜是我们日常生活中不可缺少的一种重要蔬菜，味道鲜美可口，营养丰富，为老百姓所喜爱。民间有谚语：鱼生火，肉生痰，白菜豆腐保平安。在我们家就一年四季都离不了大白菜，我最喜欢吃的就是醋熘白菜，闲暇时我会弄一些嫩白菜帮，再配上鲜青椒、海米和大蒜，放在热锅里一炒，加上醋、糖和花椒，再用湿淀粉稍一勾芡，出锅后保准酸甜可口，清香满鼻。

在我们北方，老百姓对白菜是有着特殊的感情的。在那个贫穷的年代里，白菜几乎是整个冬季唯一可吃的蔬菜。这让我想起我的童年，那时，每到秋冬时节，家家户户都要储存数百斤的大白菜以应付过冬，整个冬天就翻来覆去地吃着白菜萝卜，甚至一直要吃到来年的春天。

每每回忆起这些陈年往事，就有着一种轻微的时光倒流的感觉，这种感觉，本来以为早就消失了，如果不是因为白菜这样强有力地唤醒，那就再也无法捕捉得到了。

是白菜重新唤醒了我的童年的痛楚与欢愉。

核桃

深秋时节，我去徂徕山买核桃，在徂徕山的西麓，奇树怪石鳞次栉比，尤以核桃树最佳，山上核桃林林深叶茂，蔚为壮观。

核桃，又称胡桃，为胡桃科植物。它不仅味美，而且营养价值很高，被誉为“万岁子”“长寿果”。核桃中所含的微量元素锌和锰是脑垂体的重要成分，常食有益于脑的营养补充，有健脑益智的作用。

其实，我国古人早就发现了核桃具有的这种功效。李时珍说：核桃能“补肾通脑，有益智慧”。核桃的药用价值很高，中医应用广泛，祖国医学认为核桃性温、味甘、无毒，有健胃、补血、润肺、养神等功效。《神农本草经》将核桃列为久服轻身益气、延年益寿的上品。

现代医学研究认为，核桃果中的磷脂，对脑神经有良好的保健作用。

核桃油含有不饱和脂肪酸，有防治动脉硬化的功效。核桃仁中含有锌、锰、铬等人体不可缺少的微量元素，既能健身体，又能抗衰老，是不可多得的保健食品。

此时正是核桃成熟季节，村民们都在采摘核桃，我来到一处小石屋边，见一位白发老者正在一大堆核桃旁忙活着，我问他卖不卖？他说卖呀，我便让他给称了一些。坐下来与他闲聊，没想到白发老者很是健谈，他边给我装核桃边讲山上的一些事，让我大开了眼界，使我印象尤为深刻的，是他给我讲的一个有关核桃的传说：

相传在很久以前，在这个山下，有一对热恋的青年男女，男的叫柱子，女的叫慧慧。在山上那高高的悬崖边上有一片美丽的桃花林，

柱子和慧慧常在那儿偷偷地约会。善良、朴实的柱子是一个孤儿，像桃花一样美丽的慧慧却是庄里村长的女儿。柱子连一间像样的屋子都没有，但柱子告诉慧慧："我发誓要为你在桃林里建一间只属于我俩的小屋"。

慧慧的家族因嫌弃柱子的贫苦不同意他俩的来往，并要把慧慧嫁给另一个庄里的有钱人。就在慧慧要出嫁的头一天晚上，一个凄美的冬夜，月亮是圆的，柱子和慧慧双双跳下了桃花林旁边那高高的悬崖。柱子和慧慧是紧紧搂抱在一起跳下悬崖的，慧慧告诉柱子"我们再也不会分开了"。来年的春天，桃花盛开的时候，在那片桃花林里飞来了两只蝴蝶，它们停在一朵绽放的桃花上双双死去。后来，那片桃花林结出的不是桃果，而是有坚硬外壳的桃仁（人），那桃仁的形状就似两个张开双臂紧紧搂抱在一起的人，更似两只相拥的蝴蝶，人们说那就是柱子和慧慧变成的，因为柱子曾发誓要为慧慧建一个属于他俩的家，柱子做到了，那桃仁（人）外坚硬的外壳不正是他们爱的小屋吗？慧慧说过的，他俩再也不会分开了。再后来，人们就把这种果叫做"胡桃"，也叫"核（合）桃"了。

拿着核桃下山，想着这个凄美的故事，心中却是十分的怅然，很不是滋味。

徐长卿

一日，我蜷缩在沙发里看书，说是看书，其实是手里拿着本书，有一搭无一搭地看着，脑子却早已走了神，也不知想到何处去了。几乎是无端地，就想起了一味叫做“徐长卿”的中药。

说是无端，其实也不尽然，我看的书中有一个人物名字叫徐长源，就这么着，想起了“徐长卿”。李时珍在《本草纲目》上说：“徐长卿久服强悍轻身。”又说：“上古辟瘟疫有徐长卿散，良效，今人不知用此。”徐长卿是味中药，它性味辛、温，无毒。具有止痛、止咳、解毒、利水消肿、活血之功。可治胃痛、牙痛、风湿疼痛、经期腹痛、慢性气管炎、腹水、水肿、痢疾、肠炎、跌打损伤、湿疹、荨麻疹、毒蛇咬伤等症。

一味中药竟叫“徐长卿”，真是令人奇怪，这多像是个人名啊。其实，它确实就是个人名。

相传在唐代贞观年间，李世民外出打猎，不慎被毒蛇咬伤，病情十分严重。御医们用了许多贵重药材，均不见效，急得团团转，只得张榜招贤：“谁能治好皇上的病，重重有赏。”民间医生徐长卿看见榜文，便揭榜进宫为皇帝治病。

徐长卿把自己采来的“蛇痢草”取三两煎好，一日两次让李世民服下，余下的药液用于外洗。第二天病情就有了好转。再连服三天，症状就完全消失了。李世民高兴地说：“先生名不虚传，果然药到病除，但不知所用为何药？”徐长卿听了急忙跪下，吞吞吐吐地答不上话。原来李世民被蛇咬伤后，下了一道圣旨，凡是带“蛇”字的都要忌讳，谁说了带“蛇”字的话就要治罪。情急之下，站在一旁的丞相魏征灵机一动，连忙为他解围：“徐先生，这草药是不是还没有名字？”徐长卿会意，忙说：“禀万岁，这草药生于山野，尚无名字，请皇上赐名。”李世民不假思索地说：“是徐先生用这草药治好了朕的病，既不知名，那就叫‘徐长卿’吧，以免后人忘记。”

皇帝金口玉言，说一不二，就这样一传十，十传百，中草药“徐长卿”的名字也便传开了，并一直沿用至今。

荠菜

荠菜是从小就熟悉的，也是我吃的最多的一种野菜。小时候，每逢阳春三月，荠菜就是我们的家常菜了，如果能吃上一顿荠菜饺子，那可是最高的犒赏了。

那时候，每年的三月里，这是挖荠菜的最好时节。放学后，我和小伙伴们就会提着篮子，拿着铲子到麦地里去挖荠菜。那时田野里、小路旁、土坡上，到处都有荠菜。我和小伙伴们进行挖荠菜比赛，你追我赶的，欢声笑语不时飘荡在田野里，不一会儿就能挖满满一大篮子。

那时小孩子贪玩，挖满后不会马上就回家的。临近快黑天的时候，母亲就站在村头上扯着嗓子喊我们的小名。童年的我们没有什么好玩的，可大自然却带给了我们无限的欢乐。

挖回来的荠菜母亲或凉拌或清炒，偶尔还包饺子给我们吃，母亲经常做的是荠菜鸡蛋汤，那汤做的是既鲜嫩清淡又爽口，那种清香我至今还能记得。那时的荠菜绝对环保，绝对绿色。让我一直到现在对荠菜还情有独钟。不过现在蔬菜品种多了，荠菜少了，也是偶尔才享用一次。据《本草纲目》载，荠菜性味甘，平，能“明目，益胃。”主治：凉血止血，清热利尿，还有明目降压、清热排毒的作用。

其实，荠菜能吃已经有很长的历史了，它是人们喜爱的一种野菜。我国自古就有采集野生荠菜食用的习俗，《诗经》里有“甘之如荠”之句，可见起码在春秋战国时期，古人就知道荠菜味道之甘美了。

荠菜又名护生草、枕头草、荠荠菜。荠菜善变，不仅颜色变，形状也会变。荠菜长在没有太多杂草的地方，是匍匐在地上的，叶子呈锯齿状，有时候那锯齿还很大，整片叶子看上去像从叶子中间的茎上又生出许多瘦长的叶子来，而且颜色很深，灰紫色，不仔细找，难以发现。如果周围有些浅浅的、灰绿色的草，它既不匍匐着，也不高高站着，颜色也就变成灰绿，叶子有浅齿，和周围的草一样，叶表会有一层细细的茸毛。由此可见，荠菜的生命力确实超乎一般人的想象。

“城中桃李愁风雨，春在溪头荠菜花。”辛稼轩写荠菜既是抒情，又是写实。荠菜花是极小的花，它没有喧嚣的色彩，就那么静静地在野地里开着。我更喜欢这样的开花，安静极了，开得孤独，甚至有点孤芳自赏。也许是我的性格使然吧，因为我是个不喜欢喧哗的人，就是在花朵的开放里，我也希望能听得到宁静。

梧桐花

喜欢一个人有时有理由，有的时候也没有理由。喜欢一个时节也是如此，我喜欢这个时节，因为这个时节里有梧桐花，我喜欢梧桐花，却没有理由。

梧桐花开了的时候，白色中泛着点点的紫意，满树的小喇叭仿佛都在使劲地吹奏着春的序曲。走在路上，很远就能闻得到那略带苦味的淡淡的清香。每逢这个时节，我都有一种恍惚的感觉，似乎忘记了自己身在何处，忘记了今夕是何夕，也模糊了这年年盛开的梧桐花是开在了今春还是开在了从前的记忆里。依稀之间，我仿佛看到了当年那棵开满花朵的梧桐树下所走过的年轻的身影，青春的脸庞一如这朴素的花儿正散发着春天的芬芳。

许多年过去了，这种记忆如同细沙一般，从时间的缝隙中缓缓地漏下。也许只有如我这般平凡的人还依稀记得这平凡的花，那时，老家有很多的梧桐树，我也喜欢这梧桐花的芬芳，这花很平凡，像嗽叭花，拿在手里还有一种淡淡的清香。据说它也是一味中药，中医认为，它性味苦、寒，能清热解毒。具有镇咳、祛痰和平喘的作用。

春日的夜晚，空气中绵绵不绝地荡漾着一波又一波醉人的梧桐花香，老远就能够在风中闻到了，这是一种美好的享受，我迷恋着这花香，就像迷恋那旧日的气息。春风吹过，卷起我前额的发，落在脸上痒痒的，像一只温柔的小手在轻轻地抚摸着我。风是透明无形的潮水，伴着潮水扑面而来的是一阵阵浓郁的梧桐花的清香，犹如心爱的人在向我诉说着温馨的话语，馨香而又润泽，她的声音穿透了我的心际，舒缓中带着一点淡淡的忧伤。

站在梧桐树下，总能感觉得到那些花儿和自己在心中是相通的，犹如那柔软的手指在触摸心灵深处敏感的灵魂，要不然，自己为什么偏偏如此没有任何理由地喜爱着它呢?

行走在树下，有一刻，眼睛忽然有点湿润。也许谁也不会留意到，这里有个人，正为那逝去了的青春在黯然神伤。

夏枯草

注意到夏枯草，起初只是因为它的名字，带着一种隐隐的伤感意味，让我在看到它的那一刻就怦然心动。多年以来一直以为，草木就是跟随春风而来，尾随秋风而去的，没想到竟有这种才到夏至便会枯萎的小草。

夏天，本应是万物生态中生命力最为旺盛与强壮的季节，应该是到处生机勃勃，一派葱绿的时节，然而，夏枯草却是个例外，它选择了在这个季节来结束自己的生命，并以此而扬名于世。当明媚的春天刚刚过去，它就在奉献了短暂的花季之后毅然地走向了长久的沉寂，就如同眼看着一个刚到青春期的花样年华的女子的忽然逝去，不仅令人扼腕，顿感凄然，还有一丝的无奈吧。也许，世上原本就不是所有的事物都能有个意想的结局的。

我对夏枯草的了解，最初是在《神农本草》里触及的："此草夏至后即枯，故名。"并说它"味苦、辛、寒"，有清肝火、散郁结、利尿、软化血管的作用。中医理论认为它生来有"纯阳之气"，所以才一遇阴气即枯。它除了叫棒槌草、大头草、牯牛草、灯笼草等别称外，也被称之为五月干、六月干。

有时我常想，人其实还不如夏枯草呢！人是不知道自己何时生，何时走的，所以对于时间，有概念，却又说不明白。总是搞不清楚究竟有多少时间可以归自己支配。所以，在做事情时，只凭自己的感觉来分先后分主次了。然而，夏枯草不是这样的，它知道自己何时来，何时走。所以，它的时间，是被划分好了的，它知道自己应该何时从泥土里钻出来，呼吸一口带有春天新鲜气息的空气，然后，舒展枝叶，抽出花茎，在别人还在努力长叶子的时候，开出一朵朵娇小美丽的紫色花朵，让它们呼吸，让它们盛开。在夏至来临的时候就枯萎，以结束自己的生命，成为药农手里的宝，成为药碗里的汁水，成为治病救人的良药。这一切，在它而言，是早就已经注定好了的，是一成不变的。这就是它生命的历程，是无法改变，也是无法违逆的。

夏枯草就是春天的一个信使，就这样，她匆匆地来，对你莞尔一笑，就匆匆地走了。她多像是春天的一个梦啊！难道她只是春天的一个梦吗？难道她只是属于春天吗？春去了，夏枯草的梦便也就结束了，所以，春天一过，她便枯萎、凋零了。她枯萎的生命就这么被采药的人们收起，并最终成为捧在我们手中的一碗汤药吗？

香樟树

2012年的春天，我来到江西婺源的晓起村，看到了一大片古老的香樟树，据说最老的一棵树龄已逾1700多年了，它是那么地高大，树姿雄伟，而且枝叶茂密，犹如一把绿色的巨伞，撑开在蓝天下。

四月的婺源是最美的时节。飞檐跷角的白墙黛瓦蜿蜒于青山绿水之间，或依山，隐现于古树绿林之间；或傍水，倒映在溪池清泉之上，与层层梯田中漫山遍野的油菜花交相辉映着。目光所及之处，云雾缭绕、细雨纷飞、松竹连绵。置身于如此的美景之中，怎会不让人心旷神怡而留连忘返呢？

如果说婺源是一个油菜花的世界，那么晓起村就是一处绝妙的水墨画。古朴典雅的明清民居，曲折宁静的街巷，青石板铺就的驿道，

遮天蔽日的古樟树，使得晓起村别具韵味。一大片几百年树龄的古樟树就像是晓起村的华盖伫立在村头，为晓起村增添了许多古朴典雅之气。村民们说，古樟树已经成了他们的保护之神。

关于樟树这个名字的来历，有这么一个说法：樟树属于常绿乔木，树皮黄褐色，木材上有许多的纹路，就像是大有文章的意思，所以古人就在“章”字旁加一个木字做为树名，将它称之为“樟树”。

樟树不仅枝叶秀丽，树大荫浓，四季常青，而且具有香气，同时还有着重要的药用价值：它性微温，味清凉，有辛辣感。功能主治：祛风湿，通经络，止痛，消食。用于风湿痹痛、心腹冷痛、霍乱腹胀、宿食不消、跌打损伤等症。

古樟树被当地人称为“神树”，自古就是人们的祈福之处！据说，谁家小孩夜哭不眠，只要大人带着孩子去拜祭神树，烧两炷香和钱纸，小孩就不哭了，准灵的！因此，古树上还常挂有红布条。古老的香樟树不仅是村里人的“神树”，也是鸟儿们的天堂，走在树下，你会听得到树上叽叽喳喳的一片鸟鸣声，很是热闹。

然而，此刻的林中却是清幽的，可能是时间尚早吧，林荫道上只我一个人走着，偌大的一片风景就我一人独享，空气格外地清新，晨光金子般斜斜地洒进林间，如同水洗一般的明净，真是叫人神清气爽，灵窍顿开。

我想：能够与这些俊美秀丽，飘着淡淡清香的樟树在一起，该是多么地惬意啊！

紫云英

我喜欢紫色的花，高贵神秘，大多有着美丽的名字，开在林间或山野里，如梦如幻。紫云英就是这样的一种花，她生长在山野的小溪边、林荫处。

在春夏相交的时候，紫云英悄无声息地在林间盛开了，淡紫色的小花开地恬静从容，姿态优雅，既不浓烈也不媚俗，就这样淡淡的，带着泥土的质朴与芬芳，在林间或明或暗的光影里，她静静地摇曳着，幽香漫溢。树林里很是宁静，周围都是静谧幽深的氛围，仿佛要把人带入那紫色的梦乡。

紫云英就这么静静地盛开着，那淡雅的清香也若有若无地随风飘散开去。这是一片静美的紫意，有几分清冷的感觉，却又带给人们许多的温馨，这林间的花儿清新凝露，就仿佛是一种过滤器，能让人的心从容淡定下来，不再浮躁。

我喜欢在这样的林间漫步，看到这样的小紫花，我就有些怀旧，她会让我想起从前。找一个窗外小雨沥沥的深夜，轻轻地进入梦中，就会有一朵美丽的带着雨水的紫云英进入到我的梦里来。

也许是这样的宁静，这样的细雨，会让人不自觉地怀旧。所以，在这样的时候，我会不由得想起一些故人，或是一首老歌。

这样的场景也是最适宜诉说自己心事的时候。儿时的我曾经悄悄地种下过许多小花的种子，还有我那为母亲祝福的心愿也都悄悄埋在了小花的下边。自此，我天天盼着小花长大，待到地上铺满了五颜六色的花儿，我想着自己的小秘密，好像花儿盛开的那一刻我的心事终

于可以如愿以偿了。可是我错了，就像母亲从这个世界的光影里忽然消失了，再也没有回来一样，我没有盼来我的心愿。这是一种心痛的感觉，让人十分地伤感。

“如果有一天，我老无所依，就把我留在这段时光里。如果有一天，我悄然离去，就把我埋在这春天里。”旭日阳刚那感伤的歌声从远处飘过来，使人有些悲凉。听着听着，我的心里有些发酸，眼睛不觉就湿润了，这种伤感让我心酸，心里有种说不出来的感觉，我被这份发自心灵的歌声所感动。

光阴荏苒，苍老的不只是容颜。在残阳落花的伤感里，似乎只有写作会给我带来些许的安心和精神上的慰藉。那么，就让文字来抚慰我沉默的碎语，守候我心底的那份执着吧。

我期待着春风再次吹起，期待着林间再次染绿，期待着再次踏入那紫色的梦乡……

金莲花

在这个夏日里，我来到草原上，在那美丽而又遥远的地方，到处是碧绿的青草，到处是绽放的花儿，到处都弥漫着扑鼻的清香。那是一个明媚的下午，我静卧在姹紫嫣红的草地里，是那么地开心、忘我，可以悠闲地望着草原上的天空发呆，什么都不想，心里只有感受，时光也仿佛慢了下来，此时此刻，静下心来，让疲惫的心灵在这里得到喘息。

远处是蜿蜒的群山、碧绿的草地，近处是成群的牛羊与骏马，草地上百花盛开，各种颜色的花儿争相开放。一种金色的小黄花引起了我的注意，它开得金黄璀璨，亮黄的色彩格外地抢眼，明亮而又鲜艳，犹如一朵朵在草原上燃烧的金色火焰。往远处看，还有一大片金黄色的花朵有如夏夜里的繁星在草原上闪耀着，又像是一群金色的蝴蝶在翩翩飞舞。好美的花呀！我忍不住拿起相机对着它们拍照，我要把这美丽的色彩保留下来，回去给我的亲人和朋友们一起欣赏。

中午在宾馆吃饭的时候，服务员用玻璃杯端上来一种茶水，那茶水清澈明亮，色彩金黄，杯中还升腾着几朵嫩黄的花朵，光看着这样的色彩就让人心里充满了喜爱，只是感觉有点眼熟。服务员给我冲了一杯，我一闻清香扑鼻，就问服务员：这是什么茶？服务员回答说：这是金莲花。我又问：这花是不是就是外面草原上的那种黄色的花朵？喝这茶有啥功效？服务员说：是呀，就是那种花，是清热去火的。我端起杯来喝了一口，顿时，一股清爽的感觉涌入咽喉，口感非常地好。心想，临走时我一定要买点金莲花带回去给我的亲人们也品尝一下。

回来之后查了些资料，这才得知金莲花具有清热解毒，滋阴降火，养肝明目和提神的作用；它味苦、性寒、无毒；能治上感、扁桃体炎、咽炎、急性中耳炎、急性鼓膜炎、口疮等功效，长期饮用可清咽润喉嗓音清亮。尤其对慢性咽炎，喉炎，扁桃体炎和声音嘶哑者有消炎、预防和治疗作用，对从事播音、声乐、教育和通讯等语音职业者有特殊的保健治疗作用，可放适量的白糖，枸杞子、甘草、玉竹等一起饮用，效果更佳。金莲花还被称为“塞外龙井”，民间有“宁品三朵花，不饮二两茶”的说法。

据传金莲花曾使萧太后皮肤细白，容颜亮丽，故被称为养颜金莲花，列为朝廷贡品。清康熙皇帝曾专门写诗赞美过金莲花：

迢递从沙漠，孤根待品题。

清香指槛入，正色与心齐。

磊落安山北，参差鹫岭西。

炎风曾避暑，高洁少人跻。

在那个怔怔不知所言的下午，我躺在姹紫嫣红的草地上，躺在那遥远的草原上，四下里空无一人，是那么地隐秘与清凉，我感受着那清寂的时光，看着在清风中徐徐摇曳的金莲花，心想，这花开的虽然漂亮，但在这人迹罕至的地方，却很少有人来欣赏，所以她是孤寂的，她是多么需要人们来理解、来欣赏呀！

随手掐一朵小花放在唇边嗅着，忽然就想起一句禅语：拈花微笑。那是佛祖的慧心一笑，是心与心的相通，更是难得的知懂。

我的金莲花，此刻，我理解了你。

灯心草

到了我这个年龄，青春早已经离我远去了，青春的概念也越来越模糊了，我已经记不清年少时的滋味了，那时的我都在想些什么，都有着怎样的喜悦和烦恼？大都已经忘却了。

今年入夏，我在集市上买了一张用灯心草编织的凉席子，拿回家后我将它擦拭一新，霎时，一股浓浓的草香味钻入了我的鼻孔，这股草香味唤醒了我少年时的记忆，让我想起了小时候用灯心穰点燃的小油灯，还有那光亮如豆的一个个夜晚，想起了那曾经的岁月。

记得小时候，灯心草一丛一丛的，就长在河边、池旁、水沟边和草地上，长长的叶子圆圆的秆，我喜欢将它拔下一根来嚼在嘴里玩，人们也将它们编成席子和坐墩来用，据说灯心草还能入药，据《纲目》

载：灯心草可降心火，止血，通气，散肿，止渴等。

我曾经问过长辈们，它为什么叫灯心草啊？长辈们说，因为它的心能点灯啊。那时，在每年的秋天，灯心草开始枯黄的时候，人们把它采收起来。把割下的茎秆稍晾干后，用刀尖自一端纵向剖开皮部，灯心穰即脱出，再把灯心穰扎成小把，晒干，到了晚上就用这灯心穰来点灯用。那时候，每到夜晚我们就会坐在油灯下，听长辈们讲故事，我记得，奶奶戴着老花镜，一边纳着鞋底，一边说着：我就给你们讲个灯心草的故事吧：

古时候啊，有个地方叫灯心塘，那里有个良家妇女叫陈氏，她正直、善良、勤劳，她父亲是远近闻名的医生，她自小便跟随父亲学了不少的医学知识，谁家有人生病，她就有求必应，药到病除，没有治不好的。

话说有对夫妻喜添一女儿，白白胖胖的，夫妻视为掌上明珠，可是出生不久就发生了不幸的事：小女儿不吮奶，不哭也不动，而且双目紧闭，口角流水，心跳微弱，面色苍白，已经不省人事了。夫妻俩舍不得丢掉自己的亲骨肉，就请来村里、县里的医生，都久治无效，眼看小女儿活不成了，夫妻俩急得直哭。村里人赶来看望，有人打听到陈氏能医治小孩的病，便叫人赶快去请她来。

陈氏知道后，马上带上几条白色细长柔软的草药赶来。陈氏边诊边问病情，诊完后，劝小孩爹妈不要担心，她会治好小孩的病，并叫人准备所需要的东西。她找来一个浴盆，倒入热水，把采来的新鲜药物搓碎搅拌，然后帮小儿洗头、擦身，接着便是烫点，她拆下一段白色草药放在油里蘸蘸，又移到火里烧红，再贴到小孩身上烫，先是额头两点，最后手掌心两点，总共烫了十四点，不一会，烫点红起来，成为痂。然而小孩却无响也无动，此时，陈氏说过几天小孩的病就会好的，她过几天再来看。并嘱咐小孩爹妈严加照顾，说完就告辞了。

不久，小孩的病竟奇迹般好起来了，谢天谢地，宝贝儿终于睁开了眼睛，也会吮奶了，夫妻俩心里乐极了。后来，陈氏又来看过几次，见小孩无事，也就放心了。孩子的爹妈真不知该怎样感谢这位神医。

也不知是哪个顽皮鬼拾起陈氏弃落的白色草药，拿回点灯玩，结果灯光明亮。由于它可以灯点，又因它是陈氏医生从她娘家灯心塘带来的，于是人们就给它取名叫做灯心草了。

那油灯陪伴的一个个夜晚是如此的安静、琐碎，是那么的具有味道，那样的夜晚是和人们的内心相切合的，那光亮如豆的小小油灯就如同一块海绵一样在缓慢渗透着我们的心。我的父辈们祖父辈们，以及生活在农村里的世世代代的先辈们，他们质朴的就如同这灯心草一样，他们的日子是那样的平淡、宁静、绵长且有力。

这是一种过去了的生活，我很是怀念那样的日子，那样的日子很美、很沉，它让我永远都无法释怀，这就是我的先辈们的生活，也是我伤感的童年的回望。

二丑

看京剧我最喜欢看丑角，总觉得京剧中最出彩的就是丑角，他们一出场就会引来一片的笑声，他们的插科打诨，往往会令人忍俊不止，据说在戏剧中最难演的也是丑角，这倒是出乎了我的意料之外。更加出乎我意料之外的是，在植物中竟然也有丑角，并且还是“二丑”。

说来你也许不会相信，它就是牵牛花的种子，可牵牛花在我们的印象中是多么美丽的花呀！夏天的时候，在农村的村边、路旁、以及山野丘陵等处，你几乎到处都能看到它们的影子，它们爬在墙头上，篱笆上，只要是一切能够攀缘上去的地方都能够见到它们的影子。它们的花开得也格外漂亮，有白色的，蓝紫色的，还有紫红色的，等等。真是没有想到，这么漂亮的牵牛花，它的种子竟然被称为“二丑”。

据说这是因为它的种子有黑白两种，黑色者称“黑丑”，淡黄白色者称“白丑”，两种混合就被称为“二丑”。黑、白二丑都性寒，味苦，有小毒，为逐水药。白丑量弱，黑丑量强，它们的功能大都为泻水通便，杀虫攻积，用于痰饮咳喘，虫积腹痛等症。

牵牛花，在我们这儿被称为“喇叭花”，是因为它的花开地就像个小喇叭，仿佛一吹就响似的。整个一夏天，在农村里，在每天的早晨，它都会准时盛开，把它的美丽展示给人们。它就像是一位质朴的村姑，不会刻意地去打扮自己，是那么地单纯、美好。每当我看到喇叭花，就会想到农村姑娘脸上那绽放的质朴的笑容。

把这么美丽的花的种子叫做“二丑”，我真是太佩服古人的想象力了。大概起这个名字的人也是一位戏迷吧，要不，哪会有这样的联想呢？我是个怀旧的人，怀旧的人总是想在时间的缝隙里留下点什么，好让自己来怀念。

记得以前曾经写过日记，在日记里就写过喇叭花，上学时老师布置作文也让我们写喇叭花，我还经常把喇叭花以及树叶什么的夹一些在书里或日记中。现在有些时候也想着拿起笔来再写写日记，可是，却无奈地发现，自己已经做不到了。喇叭花，就仿佛是缠绕在时光的枝条上，让我至今无法忘怀。

似乎有些不知所云了，那么，就此搁笔吧。

榆树

在故乡的村口有棵老榆树，从我记事时起它就很老了，树干也已经空洞了，可它依然矗立在那里，一副朴实憨厚的样子。每年的春天它都发芽、开花，它比村子里年龄最大的老人都还老，听老人们说：在他们还很小的时候它就已经很老了。谁也不知道它到底有多大岁数？前些年有人要砍了它，被老人们制止了，老人们说：这棵老榆树对咱们村可是有恩的，砍不得呀！在饥荒的年代里，我们就是吃着这棵树上的榆钱、榆叶和树皮度过了那一个又一个艰难的日子。那时，我们吃的窝头里有榆钱，喝的粥里有榆树叶，甚至连做的面条里、烙饼里都掺有榆树皮，我们不能忘恩呀。从此，谁也不敢再砍它了，它就这样被保护了下来。

其实，古人早就知道榆树的价值，自古以来就有食用榆钱的习惯。榆钱是榆树的种子，因其外形圆薄如钱币，故而得名，又由于它是“余钱”的谐音，因而也就有吃了榆钱可有“余钱”的说法。早在宋代，大文学家欧阳修就曾写下“杯盘粉粥春光冷，池馆榆钱夜雨新”的诗句；清代的吴其睿在《救荒本草》中也曾记载：“榆树，采肥嫩榆叶，热水浸润，油盐调食，其榆钱煮靡羹食，甚佳。”

当春风吹来第一缕绿色，金黄的榆钱就一串串地缀满了枝头，人们会趁鲜嫩采摘下来，做成各种的美味佳肴。最简单的吃法就是，将刚采下来的榆钱洗净，加入白糖搅拌食用，味道鲜嫩脆甜，别具风味。你若喜吃咸食，也可放入盐、酱油、香醋、辣椒油、葱花、芫荽等佐料；榆钱也可以用来煮粥，当煮大米或小米粥时，放入洗净的榆钱继续煮上个 5~8 分钟，加适量调料即成，榆钱粥吃起来滑润喷香，味美无穷；当然，榆钱还有各种各样的吃法，比如蒸窝头，包饺子都行，味道都十分地清鲜爽口。

榆钱不但鲜美可食，它同时也是防病保健的良药。中医认为，多食榆钱可助消化、防便秘，具有清心降火、止咳化痰、消除湿热等功效。同时，榆钱还有清热安神之效，可治疗神经衰弱、失眠等症，也可用于治疗咳嗽痰稠之病。

至今，村口的那棵老榆树依然挺立在那里，它似乎已经成了我们村庄的标志和象征，它见证了我们村的沧桑历程，也目睹了家乡天翻地覆的变化。它就像是家乡的老母亲一样，任劳任怨，又是那么地善良、无私、坚韧和顽强。

岁月的记忆潮水般的一点点涌上心头，轻抚着我零散的往事，渐渐蔓延成一幅幅黑白的照片，粘贴在我亲情的相册里。

我仿佛依稀地看见，在夕阳的余晖里，母亲就站在那棵老榆树下为我送行，与夕阳融为一体，定格成一幅金黄色的画面。我向母亲招了招手：娘，你回去吧！母亲看见了我的示意，也微微招了招手，好像是说着一路小心的话。我赶紧加快了步伐，没再敢回头，生怕我的泪水会夺眶而出……

萝卜

萝卜虽是我们百姓的家常菜，但谁也不敢小看它，它营养丰富，素有“小人参”之美称。俗话说：“萝卜上市，医生没事。”“冬吃萝卜夏吃姜，不要医生开药方。”如此等等，就说明了它的营养价值之高，因此它是我们百姓家的“贵客”。医学家李时珍对萝卜就极力推崇，主张每餐必食，他曾在《本草纲目》中提到，萝卜能“大下气、消谷和中、去邪热气”，具有消积滞、化痰止咳、下气宽中、解毒等功效。

其实，萝卜是我国最古老的蔬菜之一，在古代又被称为莱菔、罗服、萝菔等，早在《诗经》中就有关于萝卜的记载。它既可用于制作菜肴，炒、煮、凉拌都行，又可当做水果来生吃，味道清脆鲜美，还可用于泡菜、酱菜的腌制，等等。

这些做法我都吃过，而且不只是这些吃法，可以说我就是吃着萝卜长大的，并且是常年地吃。因为我小的时候生长在东北，那是20世纪的七八十年代，那是个物质匮乏的年代，那时的冬天基本上就是吃萝卜和白菜，也根本没有别的菜可吃。

那时，满地里种的都是萝卜白菜，我们小孩子背着个大书包每天上学放学就从萝卜地里经过，谁想吃了一弯腰就拔出个萝卜来啃，吃不了三口就扔，因为大家都吃够了，高兴了我们还把萝卜当做手榴弹到处扔着玩，也没有人管，中午我们在学校里吃饭，菜一端上来有人就喊“又是萝卜丝！我抗议！”每到秋季，为了防止萝卜冻坏或糠心，家家户户都要在地里挖个坑把萝卜埋起来，吃时再一个一个地挖出来，每每吃到最后萝卜都长了芽，发了糠，不能吃了才不得不把它们扔掉。

这些都是很久以前的事了，回首往事，真是让人感慨万千。我曾经想着有空的时候再回到我儿时的东北去看看，重温一下往日的时光，可是一来二去地忙着，竟始终没能如愿。

如今，早已远去的故乡连同那时的萝卜，还一直萦绕在我的梦中，散发着缕缕的清香，成为我常常回忆的乡音和味道，永远地留在我的记忆之中了。

跋

《说文》曰："药，治病草也。"本草，就是中草药的统称，也指记载中草药的书籍。李时珍曰："天造地化而草木生焉。刚交于柔而成根荄，柔交于刚而成枝干。叶萼属阳，华实属阴。由是草中有木，木中有草。"

本草文化是我们中华民族及其祖先在漫长的生活、生产实践中逐渐认识并掌握而形成的，具有浓郁传统色彩的古典文化。

在我国，中草药历史悠久，源远流长。追溯远古中草药的源头，从神农尝百草而著《神农本草经》，到最早的医学巨著《黄帝内经》，再到《唐本草》，一直到李时珍总结性的巨著《本草纲目》，随着历史的不断发展与进步，人们生活水平的日益提高，本草文化也在逐渐地发展与丰富着。如今，本草文化所倡导的"回归大自然，崇尚原生态"

的理念，已经成为人们关注健康的精神风尚与时代潮流。

我虽不是生于中医世家，可自小在农村长大，多年来又走南闯北，见识过祖国的大好河山，熟悉山野田间的花草树木，一直对生长于山野的中草药十分地着迷。平时，我就喜欢到山野里逛逛，咀嚼着一个个草木的名字，就觉得唇齿之间奇香漫溢，又因我从小就体弱多病，喝了许多的中药，渐渐地也就不觉得它苦了，也逐渐喜欢闻那股中药味儿了。俗话说，久病成医，就这么，在经历了多年的积淀之后，对中草药熟悉起来。

闲暇时，我经常到朋友的中草药铺里坐坐，在犹如老式书房般的中药铺里，闻着淡淡的草药香，环顾那一排排古朴的药柜，那些镶着铜环拉手的长长的小抽屉就像一本本散发着古旧陈香的书籍，外面贴着的标签上用毛笔书写着草药的名字，就好似打开蕴藏在那些草根树皮里的无限奥秘的钥匙。

拉开那些小抽屉，里面的花草枝叶、根须皮核还带着阳光雨雪、泥土风霜的味道。我总是喜欢捏一把攥在手里，让老药师闭上眼睛猜药名。老药师总会在鼻翼轻翕之下很快地说出一个个活色生香的名字来。我常暗自惊叹！是谁赋予这些草药如此深邃悠远却又诗意浪漫的名称，令这些草药宛如一个个栩栩如生的人物，俏生生活脱脱地立在你的面前。你看：当归，是一个温婉柔顺的妇人，每天，在日落时分，她伫立村口等候着归家的丈夫；甘草，似一个活泼亲切的小姑娘，远远地你就能听到她清脆的笑声；厚朴，毫无疑问是个憨厚朴实的汉子，他的少言寡语能让你平添一份信赖；王不留行，莫非就是行走在塞外边疆胡笳声中的独行大侠……

识得百草即为医家，百草生情即成文人，文人入仕则为官员。在我国的古代传统文化中，中医、文人、官吏，这三者的身份有时是分不开的，三者具有内在的一致性。在古代，很多文人雅士是不找医生的，他们自己就是很好的医生，他们的医学知识远胜过一般的郎中，如苏东坡、曹雪芹等人莫不如此。苏东坡自己就自创了许多的药方，还赠送给亲朋好友们使用；曹雪芹也总结出了很多养生的秘诀，《红楼梦》在某种意义上讲就是一部很好的医书，在书中他就写了许多的中草药方剂。

在古时，一些医家、文人本身就是治理一方的官吏，如东汉名医“医圣”张仲景就是长沙太守。他为了给百姓解除病痛，特意在每月的初一和十五两天，大开衙门，不问政事，坐在大堂上专门为百姓治病。老百姓无不拍手称快，对张仲景极为拥戴。

时间久了便形成了惯例，每逢农历初一和十五的日子，他的衙门前便聚集了来自各方求医看病的群众，甚至有些人带着行李远道而来。后来人们就把坐在药铺里给人看病的医生通称为“坐堂医生”，以用来纪念张仲景。在当代，我国泌尿外科的奠基人，著名医学家吴阶平教授不仅是九三学社的主席，同时也是全国人大副委员长。其实，治世与治病在许多方面的原理都是相通的，辩证施治，顺势调理，这些医家的治病方式，也是对社会的一种认识与治理的方式。

祖国的中草药文化博大而精深，中医有句话：“治得了病，治不了人。”生活中，人们需要的不是只会卖药的医生，而是需要生活的指导者和同情者。人们需要交流，需要相互交流身体的感受、能够得到劝诫的生活观念。这关乎肉体和心灵两个层面，是一种生活的艺术。要知道，对于我们的身体，对生活，真正需要慰藉的是心灵。

正所谓：一花一世界，一草一天堂。这是一种美丽的心境，一朵小花之中，便蕴藏了整个世界的美丽和斑斓，一颗小草就是一个有着许多天使正翩翩起舞的天堂，每一个生命个体都应当是一个富足的世界，都需要阳光，需要理解，需要肯定，需要渗透并实现自己的生命意义。星汉灿烂，若出其里。它容纳了波澜壮阔的人类情感，它是半个盛唐，它是整个世界，就如*Superstar*中的那句歌词：手不是手，它是温柔的宇宙。

特别值得一提的是，在本书的成书过程中，得到了很多朋友的关心和支持，我的朋友李西宏、麻德祥、杨毅、阚伟、尹萍、王士刚、刘延明、胡永生、李燕等人给了我很大的帮助，在此一并致以深深的谢意！

春意浓，笑意深。一叶绽放一追寻，一花盛开一世界，这是一本宁静祥和的书，需要静下心来，细细地品味。它把本草文化与现代文学有机地结合起来，给人以视觉的美感和心灵的启迪。我努力用清新淡雅的文学语言，诗意的想象，隽永的文笔，诠释着中草药的美，这也是对植物的诗意的解读吧。